STRADELLA,

OPÉRA EN CINQ ACTES,

PAROLES DE MM. ÉMILE DESCHAMPS ET ÉMILIEN PACINI,

MUSIQUE DE M. L. NIEDERMEYER,

DIVERTISSEMENS DE M. CORALLI,

Décors de MM. Despléchin, Séchan, Feuchères et Dieterle;

REPRÉSENTÉ POUR LA PREMIÈRE FOIS,

SUR LE THÉATRE DE L'ACADÉMIE ROYALE DE MUSIQUE,

Le 3 mars 1837.

Prix : 1 Franc.

PARIS.

PACINI, ÉDITEUR, BOULEVART DES ITALIENS, N° 11;

J. N. BARBA, LIBRAIRE, PALAIS-ROYAL. JONAS, LIBRAIRE DE L'OPÉRA.

1837.

TABLE THÉMATIQUE

DES MORCEAUX DÉTACHÉS DE STRADELLA,

AU MAGASIN DE MUSIQUE DE PACINI, BOULEVART DES ITALIENS, 11.

ACTE PREMIER.

N° 1. Introduction.
N° 2. Chœur de Bravi.
N° 3. Chœur des élèves de Stradella.
N° 4. Romance de M. Nourrit.
N° 5. Nocturne de Mlle Falcon et M. Nourrit.
N° 6. Chœur de Sbires.
N° 7. Final avec danse.

ACTE DEUXIÈME.

N° 8. Air de Mlle Falcon.
N° 9. Air de M. Levasseur, avec chœur de Marchandes.
N° 9 *bis*. Air de M. Levasseur sans chœur.
N° 10. Duo de Mlle Falcon et M. Nourrit.
N° 11. Trio de Mlle Falcon, MM. Nourrit et Dérivis.

ACTE TROISIÈME.

N° 12. Quartettino de MM^{mes} Falcon, Gosselin, MM. Nourrit et Prévôt.
N° 12 *bis*. Romance extraite du quartettino.
N° 13. Duo de Mlle Falcon et M. Levasseur.
N° 14. Marche et chœur.
N° 15. Trio de MM. Levasseur, Massol et Vartel.
N° 16. Prière et Scène de l'église.
N° 16 *bis*. La même scène à une seule voix.
N° 16 *ter*. Romance extraite de la même scène.

ACTE QUATRIÈME.

N° 17. Chœur.
N° 18. Ovation de Stradella.
N° 19. Danse ; Saltarella.
N° 20. *Idem*, pas de trois.
N° 21. *Idem*, pas de deux.
N° 22. Grand Final.

ACTE CINQUIÈME.

N° 23. Chœur de Saltimbanques.
N° 24. Barcarolle de M. Nourrit.
N° 25. Morceau d'ensemble.
N° 26. Chœur de peuple.
N° 27. Chanson à boire de M. Levasseur, et chœur.
N° 27 *bis*. La même sans chœur.
N° 28. Air de Mlle Falcon.
N° 29. Cavatine de M. Dérivis.
N° 30. Chœur final.

OUVRAGES POUR LE PIANO.

Saltarella ; Pas de trois ; Pas de deux ; Valses ; Fantaisies ; Airs variés ; Mosaïques et Bagatelles *pour le piano*, par MM. Kalkbrenner, Henri Herz, Jacques Herz, Bertini, Adam, Lemoine et autres compositeurs.
Quatre quadrilles, par MM. Musard et Jullien.

STRADELLA.

CHANT.

ACTE PREMIER.

Chœur de Bravi; Chœur des Élèves de Stradella; Chœurs
de Sbires, Masques.

ACTE II.

Chœur de Marchandes de modes et de parures; Chœur
des élèves de Stradella.

ACTE III.

Chœur de Moines; Chœur de Bourgeois; Dames et Gens
du Peuple.

ACTE IV.

Chœur de Dalmates; Chœur de Peuple.

ACTE V.

Chœur de Saltimbanques; Chœur de Sbires; Chœur de
Peuple.

DANSE.

ACTE PREMIER.

ACTE III.

ACTE IV. — SALTARELLE.

ACTE V. — CORTÉGE.

IMPRIMERIE DE Ve DONDEY-DUPRÉ,
Rue Saint-Louis, N° 45.

STRADELLA,

OPÉRA EN CINQ ACTES,

Paroles de MM. Emile Deschamps et Emilien Pacini,

MUSIQUE DE M. L. NIEDERMEYER,

DIVERTISSEMENS DE M. CORALLI,

DÉCORS DE MM. DESPLÉCHIN, SÉCHAN, FEUCHÈRES ET DIÉTERLE,

REPRÉSENTÉ POUR LA PREMIÈRE FOIS,

SUR LE THÉÂTRE DE L'ACADÉMIE ROYALE DE MUSIQUE,

Le 3 mars 1837.

PRIX : 1 FRANC.

PARIS.

PACINI, ÉDITEUR, BOULEVART DES ITALIENS, N° 11,

J. N. BARBA, PALAIS-ROYAL, | JONAS, LIBRAIRE DE L'OPÉRA.

1837.

PERSONNAGES.	*ACTEURS.*
STRADELLA, Maëstro et chanteur...............................	M. Adolphe Nourrit.
LE DUC PESARO, Patricien et Sénateur.....	M. Dérivis.
SPADONI, factotum du Duc....................................	M. Levasseur.
BEPPO, élève et ami de Stradella..............................	M. Ferdinand-Prévôt.
PIÉTRO, } bravi..	M. Wartel.
MICHAEL, }	M. Massol.
LÉONOR, jeune orpheline, fiancée de Stradella................	Mlle Falcon.
GINEVRA, mère de Beppo....................................	Mme Gosselin.
UN OFFICIER de sbires......................................	M. Charpentier.
	M. Prévôt.
SALTIMBANQUES..	M. Martin.
	M. Bernadet.

1er, 2me et 5me *actes*, à *VENISE*;
3mo et 4me *actes*, à *ROME*.

— 1662. —

*** ALESSANDRO STRADELLA, célèbre maëstro de Venise, était aussi le plus grand chanteur du XVIIe siècle. Son génie ne l'avait point tiré de l'état subalterne où vivaient tant d'artistes à cette époque.

La grande catastrophe de sa vie aventureuse a servi de donnée première à la fable de cet opéra.

La musique de cet opéra se vend chez PACINI, boulevart des Italiens, 11.

STRADELLA,

OPÉRA EN CINQ ACTES.

ACTE PREMIER.

VENISE.

Une petite place. Au fond, un canal oblique avec un pont de marbre praticable. A droite, la maison de Léonor, ayant son entrée sur le quai qui borde le canal; on ne voit pas la porte. Sur le devant de la maison, une fenêtre avec un balcon peu élevé. A gauche, plusieurs rues aboutissant à la place. Minuit. Clair de lune. Au carnaval.

SCENE PREMIERE.

SPADONI, *puis* LE DUC PESARO, *ensuite*
UN CHOEUR DE BRAVI.

Au lever du rideau, Spadoni, seul, enveloppé d'un manteau et masqué, se tient au bord du canal; il paraît attendre et guetter. Quelques instans après, une gondole avec un falot passe sur le canal, sous le pont, et s'arrête au milieu du théâtre, puis disparaît dans la coulisse à droite.

INTRODUCTION.

SPADONI, *s'adressant au Duc, qui est dans la gondole.*
Nous y voilà ! Monseigneur, par ici !
LE DUC, *sortant de la gondole.*
Point d'importuns?
SPADONI.
Non, Dieu merci !
Tout nous sert, le lieu sombre et l'heure.
LE DUC, *montrant la maison.*
De Léonor c'est la demeure.

Pour l'enlever à l'instant et sans bruit
Tout est-il prêt?
SPADONI.
Tout, Excellence !
LE DUC.
Et tes gens ?
SPADONI.
A deux pas, mes bons limiers de nuit,
Et vous pouvez compter sur leur silence.
(Il appelle à gauche.)
St !... St !... amis !... holà !!!
LES BRAVI, *en dehors.*
Nous voilà ! nous voilà !
(Entre une troupe de gens de mauvaise mine.)
LE DUC, *à part.*
Pas mal comme cela !
LE CHOEUR.
Sa Grandeur, que veut-elle ?
LE DUC.
Il faut qu'une rebelle
Se rende enfin !

SPADONI, *montrant la maison de Léonor.*
C'est là.
LE CHOEUR.
Bon ! enlevons la belle !
Nos bras sont à vous !
Nos bras et nos ames !
Marchons ! guerre aux femmes !
Malheur aux jaloux !
LE DUC.
Que Léonor cède à ma flamme !
SPADONI.
Quel triomphe pour une femme !
LE CHOEUR.
Se voir l'objet de votre flamme,
Quel triomphe pour une femme !
LE DUC.
Vous serez bien payés.
LE CHOEUR.
Il suffit, Monseigneur !
De vous servir on ne veut que l'honneur.
SPADONI.
Le Carnaval nous favorise.
LE DUC.
A moi la perle de Venise !
LE CHOEUR.
Le Carnaval vous favorise !
A vous la perle de Venise !
CHOEUR.
Nos bras sont à vous,
Nos bras et nos âmes !
Marchons ! guerre aux femmes !
Malheur aux jaloux !
Noirs comme la nuit
Où le stylet brille,
Vers la jeune fille
Glissons-nous sans bruit !
L'or de vos filets
Retiendra sans peine
La captive reine
Dans votre palais.
Nos bras sont à vous,
Nos bras et nos âmes.
Marchons ! guerre aux femmes !
Malheur aux jaloux !
(On entend venir une sérénade.)
SPADONI.
Silence ! amis !... voici des mascarades.
LE DUC, *à part.*
Ces gens-là prennent bien leur temps !
SPADONI.
Par ici ! camarades !
Retirons-nous quelques instans.
TOUS.
Retirez-vous
Retirons-nous } quelques instans.
(Ils disparaissent à gauche au premier plan.)

SCÈNE II.

STRADELLA *et* SES ÉLÈVES, *avec des flambeaux,
des guitares et divers instrumens de musique,
arrivent par le pont.*

CHOEUR D'ÉLÈVES, *sous le balcon de Léonor.*
Là du sommeil
L'ange vermeil
Berce tes sens de beaux mensonges.
Fille des cieux,
Ouvre les yeux;
Car tant d'amour vaut bien tes songes.
Tout est muet au sein des nuits,
Plus de gondole en promenade ;
L'onde et les cieux ont pour tous bruits
Soupirs d'amour et sérénade.

ROMANCE.

STRADELLA.

PREMIER COUPLET.

Venise est encore au bal,
Et la Lune au loin décline ;
C'est l'heure où du Ciel natal
Descend l'amour virginal.
Moi, du palais d'un seigneur
Fuyant le servile honneur,
Je viens rêver le bonheur
Près de l'orpheline !
Que l'écho chante avec moi
Au son de la mandoline ;
O ma belle ! amour à toi !

DEUXIÈME COUPLET.

Demain pour les deux amans
Doit s'ouvrir l'humble chapelle,
Où, touché de mes tourmens,
Dieu bénira nos sermens.
Bel ange aux regards si doux,
Ah ! je t'implore à genoux,
Viens, fuyons loin des jaloux,
Stradella t'appelle.
Viens ! oh ! viens sans crainte à moi !
Toujours et partout, ma belle,
A toi gloire ! amour à toi !
LÉONOR, *dans la maison.*
Quand mon cœur reçut ta foi,
Il jura d'être fidèle.
A toi, gloire ! amour à toi !

CHOEUR DOUBLE.

LES ÉLÈVES.

Là du sommeil
L'ange vermeil
Berce tes sens de beaux mensonges.
Fille des cieux
Ouvre tes yeux ;
Car tant d'amour vaut bien tes songes.
Tout est muet au sein des nuits ,
Plus de gondole en promenade ;
L'onde et les cieux ont pour tous bruits
Soupirs d'amour et sérénade.

LES BRAVI , *se montrant au coin des rues.*

Un bruit pareil,
Jusqu'au soleil ,
Faudra-t-il donc qu'il se prolonge ?
Masques joyeux,
Hors de ces lieux,
Fuyez ainsi qu'un mauvais songe.
Ils devraient bien pour cette nuit
Chercher ailleurs leur promenade ,
Ils nous perdront avec ce bruit !
Maudite soit leur sérénade !

(Les Bravi disparaissent de nouveau à gauche.)

RÉCITATIF.

STRADELLA.

Chers élèves, c'est bien !... Ah ! veillez à l'entour.

(Les élèves se dispersent et se groupent diversement.)

SCÈNE III.

LES PRÉCÉDENS, LÉONOR , *paraissant à son balcon.*

LÉONOR.

C'est donc vous , Stradella !

STRADELLA.

Ce soir, par les Lagunes,
Le Duc, mon maître, au loin court les bonnes fortu-
Il poursuit le plaisir, je viens trouver l'amour. [nes.

LÉONOR.

Soyez le bien venu ! car votre voix céleste
Perce mes noirs chagrins comme un rayon du jour.
Merci !

STRADELLA.

Ma Léonor, un doux espoir me reste ;
Écoutez, l'orpheline a besoin d'un appui ;
Chanteur chez Pesaro, moi je dépends de lui ;
C'est pourquoi j'ai hâté notre union secrète.
Demain nous partirons, voulez-vous ?

LÉONOR.

Je suis prête !

NOCTURNE.

STRADELLA *et* LÉONOR.

PREMIER COUPLET.

ENSEMBLE.

A demain
Les délices suprêmes !
Notre hymen
Est écrit aux cieux mêmes.
A demain !

LÉONOR, *seule.*

Je suis fière de vous !
De vos chants de génie
Tous les anges seraient jaloux.

STRADELLA, *seul.*

Ah ! c'est à mon bonheur
Qu'ils porteront envie ,
Quand ton cœur battra sur mon cœur.

ENSEMBLE.

A demain , etc.
A demain , entends-tu ? le bonheur, à demain !

DEUXIÈME COUPLET.

ENSEMBLE.

A demain , etc.

STRADELLA.

Si ta vie est à moi ,
Je préfère ma chaîne
Au pouvoir du Doge ou d'un roi !

LÉONOR.

Je donnerais cent fois
Les trésors d'une reine
Pour un accent de votre voix !

ENSEMBLE.

A demain, etc.

(Léonor rentre et referme sa fenêtre ; Stradella et ses
élèves sortent par le pont.)

SCENE IV.

LE DUC, SPADONI, ET LES BRAVI, *débouchant
par les rues à gauche.*

SPADONI.

Amis! la place est libre!... Allons! forcez la porte.

(Spadoni et les Bravi sortent à droite.)

LE DUC , *sur le devant.*

J'ai souffert trop long-temps ton superbe dédain !
Tandis que je me rends au Sénat, qu'on l'emporte!
Au fond de mon palais qu'on l'enferme soudain !

(On a entendu des coups redoublés à droite.)

LÉONOR, *en dehors.*

Au meurtre ! à l'aide ! à l'aide !

SPADONI, *en dehors.*

Qu'on l'entraîne toujours !

LE DUC , *regardant à droite.*

Victoire ! tout me cède !
Tout cède à mes amours !

LÉONOR , *en dehors.*
Au secours! au secours!
(On entend une marche.)
LE DUC.
Des sbires! empêchons qu'ils lui portent secours!
(La gondole , qui emporte Léonor et quelques gens du
Duc, sillonne rapidement le canal. Spadoni rentre en
scène par la droite en même temps que la patrouille
par le pont.)

SCENE V.

LE DUC, SPADONI, PATROUILLE DE SBIRES, UN
OFFICIER.

CHOEUR DE SBIRES.
Marchons serrés! et faisons bonne garde!
En carnaval le tour revient souvent ;
Braves sergens , croisez la hallebarde !
N'ayons pas peur! compagnons! en avant !
Toujours notre vigilance
Égale notre vaillance;
Rien n'échappe au glaive , au regard
De la police de Saint-Marc !
L'OFFICIER , *à Spadoni.*
Qui vive?

SPADONI.
Citoyen de Venise la belle !
L'OFFICIER.
Tout est tranquille ici ?

SPADONI.
Cherchez !
L'OFFICIER.
Point de querelle ?
SPADONI.
C'est votre affaire !

L'OFFICIER.
On a crié d'une maison ?
SPADONI.
Ah !

L'OFFICIER.
Vous étiez-là ?
SPADONI.
Non !
L'OFFICIER.
Insolent , en prison !
TOUS LES SBIRES , *s'emparant de Spadoni.*
Marchez en prison !
(Le Duc s'avance et montre l'anneau qu'il porte au
doigt.)
LE DUC.
Cet homme m'appartient , Sénateur.
L'OFFICIER, *s'inclinant.*
Excellence !
Pardonnez notre erreur! soldats, portez la lance!...

(Le Duc sort en riant, à droite, et recommande par des
signes à Spadoni de veiller sur la belle et d'amuser
encore les sbires.)

REPRISE DU CHOEUR DES SBIRES.
Marchons serrés , et faisons bonne garde!
En carnaval le tour revien ts ouvent!
Braves sergens, croisez la hallebarde,
L'oreille au guet , compagnons en avant !
Toujours notre vigilance
Égale notre vaillance ;
Rien n'échappe au glaive, au regard
De la police de Saint-Marc.
(Pendant ce chœur, et aux signes de Spadoni , paraissent
des gondoles chargées de masques. Ils en sortent pour
danser sur la scène et agacer la patrouille.)

SCENE VI.

LES PRÉCÉDENS , MASQUES DE TOUTES SORTES.

FINAL.

ENSEMBLE.
SPADONI.
Ah ! parbleu , mes enfans, une bonne folie !
Vous venez à propos! donnons-leur fête et bal !
Jusqu'au jour, avec nous, que la Garde s'oublie ,
Et se mêle en dansant au joyeux carnaval !
LES MASQUES.
Le bon tour! ah! ah! ah! c'est un temps de folie !
Allons donc , braves gens, cette nuit fête et bal!
Jusqu'au jour, avec nous, que la Garde s'oublie,
Et se mêle en dansant au joyeux carnaval !
LES SBIRES.
Qu'est-ce donc ? halte-là ! quelle étrange folie !
Insolens , finissez ! loin de nous fête et bal !
A danser croyez-vous que la Garde s'oublie ?
A-t-on l'air et l'habit du joyeux carnaval ?

(Les masques ont pénétré, en les agaçant, dans les rangs
des sbires, qui , peu à peu, se sont laissé entraîner à
danser avec eux.)

SPADONI.
Ah ! bravo ! mes enfans, la charmante folie !
Bon courage ! à la fin les voilà tous du bal ;
Il est bien quelquefois que la Garde s'oublie ,
Et se mêle en dansant au joyeux carnaval.
LES MASQUES.
On les tient ! ah ! ah ! ah ! la charmante folie !
Bon courage ! avec nous ! les voilà tous du bal;
Vous voyez quelquefois que la Garde s'oublie,
Et se donne à son tour un air de carnaval.
LES SBIRES.
Eh , bien donc ! nous aussi ? quelle bonne folie ;
Malgré nous, cette nuit , nous voilà tous du bal !
Il faut bien quelquefois que la Garde s'oublie ;
C'en est fait ! mêlons-nous au joyeux carnaval !
(Danse générale des masques et des sbires)

FIN DU PREMIER ACTE.

ACTE DEUXIÈME.

Une salle retirée du palais Pesaro. Meubles riches et élégans ; architecture mauresque. Au fond, une fenêtre avec un balcon; à droite, la porte d'entrée ; à gauche, une chambre. Bougies allumées. Il fait presque nuit à l'extérieur. Vue de Venise au fond.

SCENE PREMIERE.

Des Bravi masqués ont déposé Léonor évanouie sur un sopha; ils se retirent à son premier mouvement.

LÉONOR, *seule, revenant à elle.*

[chève!
Ah!... ah! quel songe affreux! grâce au ciel, il s'a-

(Elle regarde autour d'elle.)

Mais... où suis-je!... mon Dieu!... quel trouble
[en moi s'élève!
(Elle s'avance sur le devant du théâtre.)

Qui m'a conduite ici?... se peut-il? ô douleur!...
Cet éclat!... ces murs... ah! ce n'était point un rêve!
Oui... tout est vrai! Malheur ! malheur !...

AIR.

LÉONOR.

Quand celui que j'adore à l'hymen se prépare ,
Quand peut-être à cette heure, il m'appelle il m'at-
Voilà donc sans pitié que le ciel nous sépare [tend,
Et qu'il change en affront ce bonheur d'un instant!
Pour quel crime, ô mon Dieu ! m'avez-vous con-
Ai-je pu mériter la rigueur de mon sort? [damnée?
A la honte, au malheur, si je suis destinée ,
Comme grâce à genoux je demande la mort !

   Pauvre orpheline dès l'enfance ,
   Qui viendra prendre ma défense ?
   Mon bien-aimé, lorsqu'on m'offense,
   Ne peux-tu rien ici pour moi ?
   O Stradella, quand je t'implore ,
   Mes cris n'arrivent pas vers toi...
   Ma plainte en vain redouble encore...
   Nul ne répond à mon effroi...

Quand celui que j'adore, etc.

Eh quoi ! tout est fermé! quelle force ennemie
De ce palais fait ma prison ?

(Elle aperçoit la chambre ouverte à gauche.)

Ah ! quel espoir !

(Elle revient.)

Mais non ! point d'issue.... infamie !
Que faire?... la frayeur égare ma raison !

Quand celui que j'adore, etc...

RÉCITATIF.

LÉONOR , *entendant marcher au dehors.*
Du bruit !...

(Elle écoute.)

Dans ce refuge, ah! cachons-nous d'abord.

(Elle entre dans la chambre, et referme la porte sur elle.)

SCÈNE II.

SPADONI , *puis* DES MARCHANDES DE PARURES.

SPADONI , *entrant.*
Signora !

(Voyant qu'elle n'est pas là.)
Personne !

(Il montre la porte du cabinet.)
Ah !

(Il va frapper en appelant.)
Signorin' !...

(A part.)

On s'enferme !
Le maître à son retour verrait-il ses rigueurs?...
Au palais Pesaro les rigueurs ont leur terme ,
Et voilà, par Saint-Marc! des argumens vainqueurs.

(A la cantonnade.)

Apportez ces présens qui désarment les cœurs.

(Entrent des marchandes de parures portant des étoffes et des joyaux de toutes sortes.)

AIR, *avec chœurs.*

LES MARCHANDES.
C'est nous qui vendons aux dames
Leurs plus élégans atours ;
Pour se faire aimer des femmes ,
A nous les grands ont recours.

Les sénateurs de Venise
Au Rialto vont nous voir;
Par nous bourgeoise et marquise
Savent doubler leur pouvoir.
SPADONI, *courtisant les marchandes.*
Quels doux accens, et que vos yeux sont doux!
Ah! sur ma foi, je suis épris de vous,
Voyons, voyons, vos plus riches bijoux; [nous.
Rien n'est trop beau, rien n'est trop cher pour
LE CHOEUR, *accompagnant.*
Oui, devant son miroir,
Nous charmons mainte belle;
Pour flatter son espoir,
Maint amant nous appelle.
SPADONI.
En ce lieu de plaisance,
Tout, devant ma puissance,
Aujourd'hui va céder;
Le Duc en son absence
Me laisse commander.
De Monseigneur, tendres beautés,
Sachez par moi, sachez les volontés;
Qu'aux talismans que vous portez
D'un cœur rebelle il doive les bontés!
ENSEMBLE.
LES MARCHANDES.
Voyez ces fleurs, voyez ces gazes,
Et ces colliers dignes de rois;
Brocarts, damas, rubis, topazes,
On n'a que l'embarras du choix;
Velours brodés, riches dentelles,
Robes d'argent, écharpes d'or...
Masques galans, modes nouvelles,
Et que Paris n'a pas encor!
SPADONI, *à part.*
Autour de moi comme on s'empresse!
Du maître servons les projets;
Mais agissons avec adresse,
Il faut gagner sur ces objets.

(Aux marchandes.)

C'est admirable, par ma foi!
Voyons ces fleurs, ces blanches gazes,
Et ces joyaux dignes d'un roi.
(Les marchandes le harcèlent et le tirent de tous côtés.)
Riches colliers, belles topazes...
Mais quel vacarme! ah! laissez-moi!

(Sur le devant de la scène.)

Que de plaisirs, de profits et d'honneur,
Pour le valet favori d'un seigneur!
Il est heureux comme un vrai Sénateur,
Pourvu qu'il ait certain air séducteur.
Venez à lui sans façon et sans peur,
Jeunes beautés, il n'est point un trompeur.
LE CHOEUR.
Entendez-nous, jetez les yeux,
Sur ces objets si merveilleux.

SPADONI.
Ah! quel tapage, en vérité!
Ne puis-je donc être écouté?

(Sur le devant de la scène.)

Que de plaisirs, etc.
LES MARCHANDES.
Allons! Seigneur, n'épargnez rien!
Choisissez tout et payez bien!
SPADONI, *donnant de l'argent aux marchandes.*
Voilà pour vous, mais du palais
Partez, partez, et sans délais.

ENSEMBLE.

LES MARCHANDES.

Enfin, c'est ainsi que vous êtes,
Mesdames, dans tous les pays;
Les cadeaux font tourner vos têtes,
Quand vos cœurs ne sont pas séduits.
(Elles comptent l'argent que Spadoni leur a donné.)

Mais quoi! voilà notre partage!
Vraiment, c'est trop peu de sequins!
Il en comptera davantage...
Ah! ces valets sont des coquins!
SPADONI, *à part.*
Enfin, c'est ainsi que vous êtes,
Mesdames, dans tous les pays;
Les cadeaux font tourner vos têtes,
Quand vos cœurs ne sont pas séduits...

(Aux marchandes.)

Eh bien! voilà votre partage;
A vous ces bourses de sequins;
Vous en faudrait-il davantage?
Ah! ces marchands sont des coquins!

(Spadoni renvoie les marchandes, qui ont déposé leurs
étoffes et sortent à droite au fond.)

SCENE III.

SPADONI, STRADELLA, *entrant avec* BEPPO
et quelques ÉLÈVES.

RÉCITATIF.

SPADONI, *après une pause, à part.*
Ah! voilà ce chanteur dont le crédit m'outrage.
(Haut.)

Viens, Stradella! le Duc, qui veille avec les Dix,
En partant t'a donné des ordres; moi je dis
Qu'il faut avant le jour avoir fait ton ouvrage.
La belle en son boudoir persiste s'enfermer.
Va lui chanter l'amour pour qu'elle sache aimer!
Qu'au retour Monseigneur la trouve enfin... plus
[sage!
(Il sort.)

SCENE IV.

STRADELLA, BEPPO, *et quelques* ÉLÈVES

STRADELLA, *à part.*

Encor nouveau caprice ! allons ! vite , chanteur,
Ta voix pour attendrir je ne sais quelle femme!...
Chante! on t'a bien payé! sers d'interprète infâme!
    Aux vils amours d'un Sénateur !

(Avec élan.)

O mon art! art divin ! ô sublime Harmonie ,
    Écho sacré du langage des cieux,
Par qui l'ame s'épure au souffle du génie,
On prostitue ainsi ton pouvoir merveilleux!
Misère!... que pourtant ma tâche soit finie;
Demain je m'affranchis de ce joug détesté !
Demain ! demain ! l'amour avec la liberté !

(A ses élèves.)

    A nous maintenant, chers élèves !
            BEPPO.
    De la beauté charmons les rêves !

(Les élèves et Beppo s'approchent de la chambre, et
    commencent la sérénade du premier acte.)

        LES ÉLÈVES
    Là du sommeil ,
    L'ange vermeil...
STRADELLA, *les interrompant.*
Arrêtez! gardez-vous de profaner ces chants
    Inspirés par celle que j'aime !
Toi seule, ô Léonor ! connais ces airs touchans,
Symboles d'un amour aussi pur que toi-même.
        LÉONOR , *en dehors.*
    Stradella,
    Es-tu là ?
STRADELLA, *stupéfait et à part.*
Qu'entends-je! Quels accents ! Léonor, est-ce toi ?
Affreuse idée...
        LES ÉLÈVES , *à part.*
    Amis, d'où vient son trouble extrême ?
STRADELLA, *à ses élèves.*
Ah ! laissez-moi !
        LES ÉLÈVES.
    Partons !
        STRADELLA.
            Va, Beppo, laisse-moi !

(Les élèves sortent par la porte à droite. Stradella, qui les
    a regardés s'éloigner, va vers la chambre, qui s'ouvre
    devant lui , et d'où Léonor s'élance.)

SCENE V.

STRADELLA, LÉONOR.
        DUO.
        LÉONOR , *avec joie.*
Quel coup du ciel !
        STRADELLA.
            Quel coup de foudre !
        LÉONOR.
Te voilà donc !
        STRADELLA.
            Dieu! que résoudre ?
        LÉONOR.
Ah! je le savais bien, que tu me sauverais !
    Viens ! viens ! partons !
        STRADELLA.
            Mortels regrets !
        LÉONOR.
Oh! que dis-tu ?
        STRADELLA.
        Le Duc, mon maître,
T'a donné pour geôlier l'infâme Spadoni.
Impossible de fuir !...
        LÉONOR.
            Et le jour va paraître !
    Hélas tout est fini !...
    Ah ! ce balcon !...
        STRADELLA.
        C'est un abîme !
        ENSEMBLE.
Affreux palais, séjour du crime !
L'opprobre ici, là le trépas !
O mon Dieu , ne nous perdez pas !
        LÉONOR.
Par quel destin plein de tristesse
En deuil se change un jour d'ivresse ?
Hélas! quand la douleur m'oppresse,
Dieu seul peut me sauver d'un lâche ravisseur !
        STRADELLA.
Faut-il qu'au jour où l'hyménée
Devait bénir ma destinée
Ma Léonor abandonnée,
Tombe aux mains de ce lâche et cruel oppresseur!..
        ENSEMBLE.
O sort trop horrible !
Son
Mon { astre fatal
D'un maître terrible
Le
Me { fait le rival.

Ah! comment { l'
                m' } arracher à ce joug inflexible ,
    Et fuir ce palais infernal ?
(A ce moment on entend sur la lagune Beppo chantant
    une barcarolle.)
    La... la... la.r.

STRADELLA , *écoutant.*
Chut ! c'est Beppo ! quelle espérance !
Courage !
(Il écrit sur des tablettes et va à la fenêtre les jeter à Beppo.)
LÉONOR, *sur le devant du théâtre.*
Saints du ciel ! secondez deux amans !
STRADELLA.
Encor quelques momens ,
C'est notre délivrance !
ENSEMBLE.
STRADELLA.
Ma bien-aimée, oui, j'ai l'espoir
De t'arracher à son pouvoir ;
Bientôt, crois-moi, tu pourras voir
Astre d'amour briller dans un ciel noir !
LÉONOR.
Mon bien-aimé, j'en ai l'espoir,
Tu me ravis à son pouvoir ;
Bientôt par toi je pourrai voir
Astre d'amour briller dans un ciel noir !
STRADELLA , *seul.*
Mais voici déjà l'aurore ,
Et Beppo ne revient pas !
Ah ! s'il doit tarder encore ,
C'est la honte ou le trépas !
LÉONOR.
O mon Dieu ! ne nous perdez pas !

Ma bien-aimée, etc.

ENSEMBLE.
STRADELLA.
O Duc ! { son / mon } bras va dans ce jour
De tes affronts sauver l'amour !
A nous le bonheur et l'amour !
RÉCITATIF.
STRADELLA.
Rassurez-vous ! Beppo m'amène une gondole.
Une échelle y sera...tous deux dans peu d'instans...
LÉONOR.
Pourra-t-il approcher du palais?
STRADELLA.
Je l'attends
Sous ce balcon toujours désert ; ma barcarolle
Doit être le signal ; le Duc, pour quelque temps
Siége encore à Saint-Marc ; avant qu'il ne revienne,
L'ombre peut assurer votre fuite et la mienne.
LÉONOR.
Dois-je y croire?
STRADELLA , *inquiet.*
Le jour paraît ; si Spadoni...
(On entend de nouveau une voix dans le lointain.)
LÉONOR.
Entendez-vous cet air?
STRADELLA , *courant à la fenêtre.*
Beppo !

TOUS DEUX.
Qu'il soit béni !
STRADELLA.
Indigence et périls vont planer sur ma tête...
Suivrez-vous sans regrets le destin d'un banni ?
LÉONOR , *avec force.*
Dieu sait que je vous aime et que rien ne m'arrête.
A vous, toujours.
(A ce moment on jette par la fenêtre un paquet de cor-
des enveloppées dans un manteau , et des armes que
Stradella pose sur la table.)
STRADELLA , *prenant le paquet.*
Enfin !
(Il va attacher l'échelle au balcon.)
LÉONOR , *se jetant à genoux.*
Ciel protecteur ! merci !
(Fanfares.)
LE DUC , *en dehors à droite.*
Que nul n'entre après moi !
LÉONOR , *effrayée.*
Le Duc !
(Elle écoute à la grande porte à droite.)
Il vient ici !...
STRADELLA , *revenant sans avoir entendu le Duc.*
Un seul moment...
LÉONOR.
Trop tard !...
LE DUC , *en dehors.*
Bien !
STRADELLA , *consterné.*
Pesaro !...
LÉONOR.
De grâce !
Cachez-vous ! cachez-vous !
STRADELLA.
Qui ! moi, céder la place?
Oh ! non pas !

SCÈNE VI.

STRADELLA , LÉONOR, LE DUC.
LE DUC , *en entrant, à part.*
A merveille !... Eh ! l'on s'est adouci...
(Haut à Stradella.)
Bravo ! mon bon chanteur gagne bien son salaire.
(Cavalièrement à Léonor.)
Maintenant ces trésors sont à vous...
(Il désigne les parures déposées par les marchandes.)
STRADELLA , *à part.*
O colère !
LÉONOR , *à part.*
Que devenir !
LE DUC , *amoureusement.*
Restons tous deux !
STRADELLA , *à part.*
Je reste aussi !

TRIO FINAL.

LE DUC.

J'ai tout quitté, ma belle,
Pour ce moment si doux;
Oui, c'est l'amour qui me rappelle,
Auprès de vous!

LÉONOR, *à part.*

Ah! quelle est ma détresse!
Faut-il subir sa loi!
(Au Duc.)
N'abusez pas de ma faiblesse,
Ayez pitié de moi!

ENSEMBLE.

STRADELLA, *à part.*

Mon bras avec constance
La défendra toujours;
Mon assistance
Est son dernier secours.
Je dois pour sa défense,
Je dois donner mes jours!

LÉONOR.

O ciel, dans ta clémence,
Viens à notre secours;
Oui, l'innocence
A toi seul a recours.
Je suis en sa puissance,
Protége nos amours!

LE DUC.

De joie et d'opulence
J'embellirai tes jours;
Vois ma puissance,
O mes seules amours!
Vois aussi ma souffrance;
Je t'aimerai toujours.

LE DUC, *à part.*

Je comprends, les témoins sont de trop.
(Il fait signe de sortir à Stradella, qui feint d'abord de
ne pas le voir.)

STRADELLA, *à part.*

Ciel! que faire?

LÉONOR, *à part.*

Ah! je frémis!

LE DUC.

Mon cœur brûle pour tes attraits!

STRADELLA.

Oh! malheur!

LE DUC.

Sois à moi!

LÉONOR, *avec force.*

Non!

STRADELLA.

Comment la soustraire?...

LE DUC.

Partage mon amour!

STRADELLA, *à part.*

O courroux!

LÉONOR.

Non, jamais!

ENSEMBLE.

LÉONOR.

Moi, vous aimer! non, non, jamais!

STRADELLA.

Moi, la quitter! non, non, jamais!

LE DUC.

A toi mon cœur est pour jamais!

STRADELLA, *à part.*

Je sens déjà mon ardeur vengeresse
Se réveiller en mon cœur furieux;
D'un vil seigneur en vain la loi m'oppresse,
Il faudra bien t'arracher de ces lieux!
Ma Léonor, ô toi que j'aime,
Oui, nous pourrons défier son courroux;
L'honneur, la rage et l'amour même,
Sauront guider mon bras jaloux;

LE DUC, *à Léonor.*

Oh! vois l'excès de ma tendresse,
Plus de rigueur, cède enfin à mes vœux;
Oui, mon cœur, dans sa folle ivresse,
S'enflamme aux rayons de tes yeux;
Un seul regard! c'est toi que j'aime!
De moi le ciel sera jaloux;
Un mot d'espoir, mon bien suprême,
Sinon je meurs à tes genoux!

LÉONOR.

N'espérez pas que je vous aime,
Vos trahisons s'élèvent entre nous;
Plus d'espérance! peine extrême!
Ah! laissez-moi fuir loin de vous;
Voyez mes pleurs! moment suprême!
Je suis tremblante à vos genoux!

LE DUC, *apercevant Stradella.*

Eh bien! tu n'as donc pas compris? va-t'en sur
l'heure.

LÉONOR, *à part.*

Tout est perdu!

LE DUC, *à Léonor.*

Je t'aime!

LÉONOR.

O mon Dieu!

STRADELLA, *à part.*

Je demeure.

LE DUC.

Le bonheur nous attend!

LÉONOR *et* STRADELLA, *à part.*

Juste ciel!

LE DUC.

Plus d'effroi.

STRADELLA, *à part.*

Vengeance!

LÉONOR, *à part.*

Comment fuir?

LE DUC.

Viens enfin!

LÉONOR.

Laissez-moi!

REPRISE DE L'ENSEMBLE PRÉCÉDENT.

(Aussitôt après l'ensemble le Duc va pour porter la main
sur Léonor; Stradella s'avance entre eux et les sépare.)

STRADELLA , *avec force.*

Arrêtez !

LE DUC , *étonné.*

Stradella !

LÉONOR , *à part.*

Pitié ! Dieu secourable!

STRADELLA , *au Duc.*

Oui ! Stradella ; ton chanteur... ton rival !...

LE DUC.

Qu'as-tu dit, misérable !

STRADELLA.

Léonor m'appartient.

LE DUC , *à part.*

O fureur !

LÉONOR.

Jour fatal !

ENSEMBLE.

LE DUC , *à part.*

Un valet ! un chanteur ! quel outrage !
Tous mes sens sont frappés de stupeur !

STRADELLA , *à part.*

Oui, l'amour a doublé mon courage !
Loin de moi l'esclavage et la peur !

LÉONOR , *à part.*

O mon Dieu ! soutenez mon courage ,
Tous mes sens sont frappés de stupeur !

STRADELLA , *avec une fureur concentrée.*

Je sens au fond de l'ame
Ma rage qui s'enflamme ;
Brisons un joug infâme ,
Sa vie est dans mes mains ;
Son pouvoir, sa menace,
Rien n'émeut mon audace,
Je brave les destins.

LÉONOR , *à part.*

Je tremble au fond de l'ame !
Mon Dieu ! d'un joug infâme,
Sauvez la faible femme,
Mon sort est en vos mains.
O justice immortelle,
Prenez-moi sous votre aile ,
Je brave ses desseins !

LE DUC , *à part.*

Ah ! quel outrage ! quelle audace !
Crains la tempête qui s'amasse ,
Ta vie est dans mes mains !

(A Stradella.)

Tremble ! c'est ton jour suprême !

STRADELLA.

O transport ! ô rage extrême !

LÉONOR.

O transport ! terreur extrême !

LE DUC.

Malheur à vous! tremblez tous deux !
Mon bras vengeur va dans ces lieux
Jeter la mort devant vos yeux.

STRADELLA.

Haine éternelle entre nous deux !
Mon bras vengeur va dans ces lieux
Nous délivrer d'un sort affreux!

LÉONOR.

Malheur ! malheur ! et sur nous deux !
Quel bras vengeur peut dans ces lieux
Nous délivrer d'un sort affreux?

STRADELLA.

C'est trop ramper ! je te résiste !
Oui, l'opprimé lève le front!
L'esclave enfin s'éveille artiste ,
Pour repousser un tel affront!

LE DUC.

Ah ! c'est en vain qu'on me résiste ;
Hardi valet , courbe le front !
Et que soudain l'ingrate assiste
Au châtiment d'un tel affront !

LE DUC.

Malheur à vous! tremblez tous deux ! etc.

(Le Duc furieux tire son épée et se précipite sur Stradella. Celui-ci prend vivement sur la table un pistolet,
dont il menace le Duc.)

STRADELLA , *au Duc.*

Tremblez vous-même !... arrière !!!...
Un geste , un mot, ou c'en est fait.

(De la main gauche il protége Léonor.)

LE DUC.

Eh quoi ! ta main dans la poussière
Ose tenter un tel forfait !

LÉONOR.

Partons ! partons ! Oui, c'en est fait.

(Les gens du Duc heurtent contre la porte.)

SPADONI , *et* LES GENS DU DUC , *en dehors.*

Ouvrez ! ouvrez !

(Ils finissent par enfoncer la porte et se précipitent sur
la scène.

STRADELLA.

Vous tous ! arrière !

Ou c'en est fait !

SPADONI, *et* LES GENS DU DUC, *s'arrêtant effrayés.*

Jour de terreur ! sanglant forfait!..

(Léonor s'enfuit par la fenêtre. Stradella , toujours le
pistolet levé contre le Duc, recule et pose un pied sur
le balcon. Le Duc reste épouvanté et consterné.)

FIN DU DEUXIÈME ACTE.

STRADELLA,

OPÉRA EN TROIS ACTES,

Paroles de MM. Emile Deschamps et Emilien Pacini,

MUSIQUE DE M. L. NIEDERMEYER,

DIVERTISSEMENS DE M. CORALLI,

DÉCORS DE MM. DESPLÉCHIN, SÉCHAN, FEUCHÈRES ET DIÉTERLE,

REPRÉSENTÉ SUR LE THÉATRE DE L'ACADÉMIE ROYALE DE MUSIQUE.

SEPTEMBRE 1840.

Deuxième Édition.

PRIX : 1 FRANC.

PARIS.
PACINI, ÉDITEUR, BOULEVARD DES ITALIENS, 11,
JONAS, LIBRAIRE DE L'OPÉRA.

1840

PERSONNAGES. ACTEURS.

STRADELLA, maëstro et chanteur. . . . . M. Marié.
LE DUC PESARO, patricien et Sénateur. . M. Alizard.
SPADONI, factotum du Duc. . . . . M. Levasseur.
PIÉTRO,   } bravi. . . . . { M. Wartel.
MICHAEL, }   { M. Massol.
LÉONOR, jeune orpheline, fiancée de Stradella. Mme Stoltz.
BEPPO, élève de Stradella. . . . . Mme Widemann.
UN OFFICIER de sbires. . . . . M. Ferdinand Prévot.

Bravi, Sbires, Élèves de Stradella, Masques, Hommes et Femmes du Peuple.

1er et 2me actes à *VENISE.*

3me acte à *ROME.*

— 1662 —

·.· ALESSANDRO STRADELLA, célèbre maëstro de Venise, était aussi le plus grand chanteur du XVIIe siècle. Son génie ne l'avait point tiré de l'état subalterne où vivaient tant d'artistes à cette époque.

La grande catastrophe de sa vie aventureuse a servi de donnée première à la fable de cet opéra.

ACTE TROISIÈME.

ROME.

Une hôtellerie dans un faubourg. Tables à droite et à gauche.

SCÈNE PREMIÈRE.

STRADELLA, *seul, assis près d'une table sur le devant, à gauche, un cahier de musique sous ses yeux.*

RÉCITATIF.

O Rome, où l'humble artiste a fui le sort jaloux,
Voici mon jour d'épreuve et de bonheur peut-
[être !
Au Jeudi Saint, ce soir, le chanteur doit paraître !
Donnez-moi des accens, mon Dieu, dignes de
[vous !
Et toi, ma Léonor, que j'attends, que j'appelle,
Quel pouvoir loin de moi retient ton cœur fidèle ?
Faut-il qu'en de pareils momens
Ton absence aujourd'hui réveille mes tourmens !

AIR.

A l'heure où Dieu même,
Fait briller un rayon sur moi,
Délire suprême !...
Vers celle que j'aime
Mon cœur élance-toi.
De mes transports objet si tendre,
Pour m'inspirer, oh ! viens m'entendre !
Mon Dieu, daignez la rendre
A mes vœux en ce beau jour.
Je tiens moins à la vie, hélas ! qu'à notre amour !
A l'heure où Dieu même, etc.

CHŒUR *dans la coulisse.*

Stradella !

STRADELLA.

Qui m'appelle ?..

(Entrent des hommes du peuple conduits par Beppo,
qui s'élance vers son ami.)

Beppo ! mes amis !

BEPPO.

Une heureuse nouvelle !
Léonor aujourd'hui nous rejoint en secret.

STRADELLA.

O bonheur !

BEPPO.

Mais venez ! pour vos chants tout est prêt !

LE CHŒUR.

Dans l'église déjà pour vos chants, tout est prêt !...

STRADELLA.

Ce moment va fixer notre sort.

BEPPO *et le* CHŒUR.

Tout est prêt !

STRADELLA.

Eh bien donc ! me voilà ! mon ardeur qui s'anime
Saura bien surmonter le destin qui m'opprime.
Ah ! venez, gloire, amour, couple saint et sublime,
Exalter mon génie, inspirer mes accens.
Loin de celle qui m'enflamme
La douleur glaçait mon âme ;
Tu viens, et le courage est rentré dans mes sens.
Un double prix réclame
L'effort d'un seul instant,
Je vais saisir la palme qui m'attend !

ENSEMBLE.

BEPPO.

D'espoir mon cœur s'enivre ;
Ami, voici l'instant !
Allons, il faut nous suivre,
La palme vous attend.

LE CHŒUR.

Que votre cœur d'espoir s'enivre !
Ne tardons plus, voici l'instant...
Allons ! allons ! il faut nous suivre
A l'église, où l'on vous attend !

STRADELLA, *à Beppo.*

Ne doute pas de mon courage,
Dans mon cœur brûle un feu divin.
Il est un port après l'orage
Et le ciel m'y conduit enfin !

REPRISE DE L'ALLEGRO.

Eh bien donc, me voilà ! etc.

BEPPO *et le* CHŒUR *accompagnant.*

Que votre cœur d'espoir s'enivre !
Ne tardons plus, voici l'instant...
Allons, allons ! il faut nous suivre
A l'église, où l'on vous attend !..

(Stradella sort avec Beppo au milieu du peuple.)

SCÈNE II.

MICHAEL et **PIÉTRO,** *qui sont entrés au moment où est sorti Stradella qu'ils ont salué, vont s'asseoir à une table au fond.* **SPADONI** *entre par la droite.*

SPADONI.

RÉCITATIF.

J'y suis enfin ! Eh bien, terminons l'entreprise !
Le Duc ambassadeur voudrait que par surprise,
  Et pour de l'or, quelques hommes prudens
Se saisissent du traître au sortir de l'église,
Afin de l'emmener sous les Plombs de Venise.
  Les Plombs et leurs cachots ardens,
On s'en retire ! et puis il faut payer vingt hommes
Pour en saisir un autre : ah ! mieux vaut un seul
                           [fer,
Ces vengeurs à bon compte on en trouve où nous
                         [sommes;
Eh bien ! oui ! le stylet c'est plus sûr et moins
                         [cher.

(Il aperçoit Piétro et Michael.)

Parbleu ! voici des gens de mauvaise figure !

(Il appelle et fait signe.)

Eh !

(Piétro et Michael se lèvent.)

(A part.)

C'est de bon augure !

(Spadoni va au-devant des deux bravi et les ramène
sur le devant du théâtre.)

TRIO.

SPADONI.

Trente ducats pour vous ! voyez, mes braves gens,
Voulez-vous les gagner ?... c'est un beau bénéfice !

PIÉTRO.

Trente ducats ?

MICHAEL.

Si c'est pour vous rendre service,
Nous acceptons.

SPADONI.

Vous êtes obligeans.

PIÉTRO.

C'est pour un coup hardi ?

MICHAEL.

Quelque importante affaire ?

SPADONI.

Bagatelle ! un fâcheux dont il faut nous défaire.
Per la Vendetta !

PIÉTRO.

Bon ! et pour trente ducats ?
C'est donc quelqu'un dont on fait peu de cas ?
Rien que trente ducats !...

SPADONI.

Eh ! mais c'est une somme !...

PIÉTRO.

Il faut voir.

MICHAEL.

C'est selon.

PIÉTRO.

Enfin quel est cet homme ?

Un manant ?

MICHAEL.

Un païen ?

PIÉTRO.

Un valet ?

SPADONI.

Moins que rien,

Un chanteur !...

PIÉTRO *et* MICHAEL.

Ah ! c'est bien !

ENSEMBLE.

PIÉTRO *et* MICHAEL.

Tout à vous, Excellence,
Avec zèle et prudence ;
Oui, pour votre vengeance
Nous sommes prêts.

SPADONI.

En vous j'ai confiance;
De votre récompense
Voici moitié d'avance,
Le reste après.

PIÉTRO.

Dites-nous le nom de ce traître ;
Encor faut-il connaître
Ceux que l'on doit...

(Il fait le geste de poignarder.)

SPADONI.

Bonne précaution !

Mais vous le connaissez peut-être ?
C'est un misérable bistrion,
Un nommé Stradella...

PIÉTRO.

Qu'entends-je !

MICHAEL.

Stradella !

TOUS DEUX.

Stradella !

SPADONI, *étonné.*

Quoi donc ?

PIÉTRO.

Voilà qui change

Tous nos projets ! Il fut bien convenu,
Quand de trente ducats nous acceptions la somme,
Qu'il s'agissait d'un inconnu.
Mais Stradella....

MICHAEL.

Le grand chanteur de Rome !
Et puis c'est trop nous exposer.

PIÉTRO.

Lui que l'on aime tant !

MICHAEL.
Un talent de la sorte !
PIÉTRO *et* MICHAEL.
Ah ! gardez votre argent.
SPADONI.
Eh ! mais que vous importe ?
PIÉTRO *et* MICHAEL.
Non, vous pouvez en disposer.
SPADONI, *à part.*
Ah ! je vous vois venir !
(Haut.)
Ainsi, pour qu'on s'expose,
Trente ducats sont peu de chose.
Et si l'on vous en donnait cent ?
PIÉTRO *et* MICHAEL.
Ah ! monseigneur, c'est différent.

ENSEMBLE.

Tout à vous, etc....
PIÉTRO.
Quel temps nous donnez-vous ?
SPADONI.
Mais vous pouvez sans crainte,
Au sortir de l'église, aujourd'hui le saisir
Et le frapper !...
PIÉTRO.
O ciel ! dans la Semaine-Sainte,
D'un tel péché, moi, j'irais me noircir ?...
Dans quelques jours...
SPADONI.
Il faut qu'il meure aujourd'hui même !
MICHAEL.
Autant vaudrait tout droit m'envoyer en Enfer !
PIÉTRO.
Non, quand il s'agirait de tuer Lucifer,
Je ne le voudrais pas en saint temps de Carême !
SPADONI.
Vraiment le scrupule est parfait !
PIÉTRO *et* MICHAEL.
Tenez, voilà votre or !
SPADONI, *à part.*
Voyez les bons apôtres,
Ils vont me prendre tout.
PIÉTRO.
Entre nous rien de fait !
SPADONI.
Écoutez donc !
PIÉTRO *et* MICHAEL.
Adressez-vous à d'autres.
SPADONI, *avec force.*
Au lieu de cent ducats, si j'en offrais deux cents ?
PIÉTRO *et* MICHAEL, *plus bas.*
Oh ! non, le crime est trop infâme !
SPADONI, *plus fort.*
Trois cents ?
PIÉTRO.
Ah ! vous voulez, serpent, damner mon âme,
C'est mal !

SPADONI, *insistant.*
Décidez-vous...
PIÉTRO, *à Michaël.*
Qu'en dis-tu ?
TOUS DEUX, *après une pause.*
J'y consens !

ENSEMBLE.

PIÉTRO *et* MICHAEL.
Tout à vous, Excellence,
Avec zèle et prudence ;
Oui, pour votre vengeance
Nous sommes prêts !
SPADONI.
En vous j'ai confiance ;
De votre récompense
Voilà moitié d'avance,
Le reste après.
(Ils sortent ensemble à gauche.)

SCÈNE III.

LÉONOR, *en habit de voyage, entrant au moment de la sortie des précédens.*

AIR.

Spadoni ! que vois-je !... ô terreur !
Quel présage funeste !
Celui que je déteste
Nous poursuivra-t-il donc toujours de sa fureur !
Ah ! quel projet infâme
Ici se trame !
Et dans mon âme
Quel sombre effroi !
Douleur amère !
Hélas ! que faire !
Pitié pour Stradella ! mon Dieu, pitié pour moi !
Si pour lui la mort s'apprête,
Ah ! j'affronte la tempête.
Quoi ! perdrais-je sans retour
Tant de gloire et tant d'amour !
Ah ! mon bras ! mes cris, mes larmes,
Qu'ils détournent tant d'alarmes
En ce jour !

REPRISE.

Douleur amère, etc.
STRETTA.
Quand le péril nous environne,
Lorsqu'il faut craindre son trépas,
A vous, mon Dieu, je m'abandonne,
Auprès de lui guidez mes pas !
Ne pas le secourir !...
Plutôt mourir !

(Elle sort en courant sur les pas des assassins.)

CHANGEMENT DE DÉCOR.

L'intérieur de l'église Sainte-Marie-Majeure. — On ne voit ni l'autel ni les officians. — Foule immense agenouillée. — Des soldats font la haie. — Les orgues jouent.

SCÈNE IV.

STRADELLA, *sur un gradin au milieu de l'église.* LÉONOR, BEPPO, *sur le devant de la scène; puis, dans un coin,* PIÉTRO *et* MICHAEL *observant* STRADELLA, *ensuite* SPADONI, PEUPLE *à genoux.*

FINAL.

PRIÈRE DU PEUPLE.

O Dieu tout-puissant,
Toi, qui reçois la prière
De l'innocent,
Nous levons les yeux,
Vers ton palais de lumière ;
Dans les cieux,
Entends ceux qu'ici bas
Enflamme encor la foi première,
Et de nous, ô mon Dieu ! ne te détourne pas !

MICHAEL, *montrant Stradella.*
Le voilà !

PIÉTRO.
Nos stylets le reconnaîtront bien.

PIÉTRO *et* MICHAEL.
Attendons la nuit.

MICHAEL.
    Je retien
De le frapper.

PIÉTRO.
  Non moi !

MICHAEL.
   Tous deux !

LÉONOR, *à part.*
      Sainte Madone,
A votre bon secours notre espoir s'abandonne.

LE PEUPLE.
Avec amour, espoir et foi,
Nous adorons ta sainte loi !

PIÉTRO *et* MICHAEL.
Sur la croix du poignard engageons notre foi.

LEONOR, *à part.*
Ces hommes ! Quels regards ! Mon cœur est plein
        [d'effroi !

STRADELLA, *solo.*
Pleure, Jérusalem, ton erreur et ton crime !
Au jour long-temps prédit le Sauveur est venu.
Pour racheter tes fils de l'éternel abîme,
Il descendait du ciel, et tu l'as méconnu !

LE PEUPLE.
Pleure, Jérusalem...

STRADELLA.
O dévouement divin ! sacrifice sublime !

Le fils du Dieu vivant meurt pour l'amour de nous,
Au moment de s'offrir, pour le monde, en victime,
Lui-même il tremble, il pleure, il se jette à genoux !

I.

De mes lèvres, mon père, éloignez ce calice !
Ayez pitié de moi, car j'espère en vous seul !
Vous pouvez tout, Seigneur, que ma voix vous
        [fléchisse ;
Secourez votre fils, loin de moi ce linceul !...

II.

A l'approche, ô mon Dieu ! de la mort qui s'ap-
        [prête,
De frayeur, tout-à-coup, on me voit tressaillir !
Fils de l'homme, aux douleurs qui menacent ma
        [tête,
Je sens frémir mon âme, et mon corps défaillir !
Mais, mon père, soyez béni, quoi qu'il advienne,
Que votre volonté soit faite, et non la mienne.

LE PEUPLE.
Au nom de votre Fils, de sa sainte agonie,
Pardonnez, Dieu clément, à notre iniquité !

LÉONOR, *observant les deux Bravi.*
Mais ces gens ! que font-ils ? Providence infinie !
On en veut à ses jours ! j'implore ta bonté !

MICHAEL.
Quel trouble !

PIÉTRO.
   Qu'as-tu donc ?

MICHAEL.
      Cette sainte harmonie...
Vient m'attendrir : sur lui lèverons-nous nos bras ?

PIÉTRO.
Nous avons pris l'argent et juré son trépas.

(Piétro emmène Michael.)

STRADELLA, *solo.*
O vous qui blasphémez et son nom et sa gloire,
Du Dieu des nations redoutez le courroux !
Le sang divin rougit la Croix expiatoire,
Et le sang répandu retombera sur vous !

LE PEUPLE.
Et le sang répandu retombera sur nous !

STRADELLA.
Quand Dieu se lèvera pour rendre la justice,
La terre tremblera jusqu'en ses fondemens ;
Les méchans renaîtront pour l'éternel supplice ;
On entendra des pleurs et des gémissemens !

LE PEUPLE.
Ah ! sauvez-nous, Seigneur, nous sommes vos
        [enfans !

PIÉTRO *et* MICHAEL, *frappés d'étonnement.*
C'est la voix de l'Archange aux éclats triomphans !

STRADELLA, *avec force.*
Malheur au superbe, au cupide !

TOUT LE PEUPLE, *à voix basse et avec stupeur.*
Malheur au superbe, au cupide !

STRADELLA.
Malheur à l'impie, au perfide !

LE PEUPLE.
Malheur à l'impie, au perfide !
STRADELLA.
Au cœur de voluptés avide !
TOUT LE PEUPLE.
Au cœur de voluptés avide !
STRADELLA, *d'une voix tonnante.*
Malheur surtout à l'homicide ! ! !
Pour jamais l'Enfer les attend !
LE PEUPLE.
Malheur surtout, etc.
PIÉTRO *et* MICHAEL, *effrayés.*
Ah ! l'entends-tu ?... malheur à l'homicide !
STRADELLA, *avec extase.*
Mais dans les cieux joie éternelle
Au juste, à ses devoirs fidèle !
Gloire aux saints que Dieu même appelle !
Et grâce au pécheur repentant !
ENSEMBLE.
STRADELLA.
Leur voix avec la voix des anges
Chantera sans fin les louanges
Du Dieu, source de tout bonheur !
LE PEUPLE, BEPPO.
Mêlons nos voix aux voix des anges,
Pour appeler sur nous les regards du Seigneur !
PIÉTRO *et* MICHAEL, *tombant à genoux.*
Dieu vient de parler, mon cœur change ;
Loin de moi ce poignard ! Grâce, grâce, Seigneur !
LÉONOR.
Tous sont frappés d'un charme étrange,
Le voilà triomphant, merci, merci, Seigneur !
LE DUC, *qui a reparu.*
Ma fureur s'en va ! mon cœur change.
SPADONI, *observant Piétro et Michaël.*
O trahison ! folie étrange !
Désarmés ! ô fureur !
CHŒUR GÉNÉRAL.
Gloire à Dieu dans le ciel ! Hosanna sur la terre !
Le saint mystère

S'est accompli,
Et nos péchés sont dans l'oubli.
Hosanna dans le ciel ! Hosanna sur la terre !
Exaltons ses bienfaits dont le monde est rempli !

SCÈNE V.

Tout le peuple se met en mouvement et entoure STRADELLA, *qui a quitté sa place.* LÉONOR *est auprès de lui ainsi que* BEPPO. PIÉTRO *et* MICHAEL *s'empressent de son côté.* LE DUC *se mêle à la foule.* SPADONI *se détache du groupe.*

OVATION.
CHŒUR GÉNÉRAL.

Allons ! allons ! enfans de Rome ,
Vivat ! des fleurs pour le grand homme !
Gloire et bonheur à Stradella!
De ses trésors Dieu le combla ;
Le voilà ! le voilà !
Gloire et bonheur à Stradella !
LÉONOR, *à Stradella.*
Ah ! que pour moi la vie est belle !
La gloire adopte notre amour !
STRADELLA.
Tu m'es rendue, ah ! quel beau jour !
PIÉTRO *et* MICHAEL, *à Spadoni.*
Reprends cet or.
(Ils jettent leurs escarcelles.)
SPADONI.
Race infidèle !
LE DUC.
Mon cœur enfin touché pardonne à leur amour ;
Qu'ils soient unis en ce beau jour !
REPRISE DU CHŒUR.
Gloire et bonheur à Stradella !

(Pendant ce temps, tout le monde s'empresse autour des deux fiancés, qui expriment leur joie, et remercient le peuple.—Mouvement général.)

LE RIDEAU TOMBE.

FIN.

PARTITIONS

AVEC ACCOMPAGNEMENT DE PIANO,

PUBLIÉES PAR PACINI,

BOULEVARD DES ITALIENS,

---

	1 Il Barbiere di Siviglia.
	2 Tancredi.
	3 La Gazza Ladra.
	4 Mosè in Egitto.
	5 La Cenerentola.
	6 Elisabetta.
	7 Otello.
	8 L'Italiana in Algieri.
ROSSINI.	9 Il Turco in Italia.
	10 Ricciardo e Zoraïde.
	11 La Donna del Lago.
	12 Armida.
	13 Semiramide.
	14 Zelmira.
	15 Maltilde di Sabran.
	16 Maometto Secondo.
	17 L'Inganno fortunato.
PAISIELLO.	18 Nina, Pazza per Amore.
MEYERBEER.	19 Il Crociato in Egitto.
CIMMAROSA.	20 Il Matrimonio secreto.
	21 Requiem.
MOZART.	22 Il Flauto Magico.
	23 Don Giovanni.
NIEDERMEYER.	24 La Casa nel Bosco.
	25 Elisa e Claudio.
MERCADANTE.	26 Donna Caritea.
	27 I Briganti.
	28 Il Pirata.
	29 La Straniera.
BELLINI.	30 I Capuleti ed i Montecchi.
	31 Norma.
	32 I Puritani.
	33 Anna Bolena.
DONIZETTI.	34 Marino Faliero.
	35 Parisina.
MARLIANI.	36 Il Bravo.
COPPOLA.	37 la Pazza per Amore.
NIEDERMEYER.	38 Stradella.

MERCADANTE.	39 La Vestale.
	40 Il Giuramento.
BELLINI.	41 Beatrice di Tenda.
	42 Belisario.
DONIZETTI.	43 Elissire d'Amore.
	44 Torquato Tasso.

MUSIQUE POUR LE PIANO

SUR DES MOTIFS

DE STRADELLA.

H. HERZ, œuv. 99, fantaisie sur le trio célèbre.........	7	50
— œuv. 103, rondo brillant sur la barcarole.....	7	50
J. HERZ, trois airs de ballet, chaque.....	5	»
LORENZO, rondo brillant sur la barcarolle.	5	»
MOCKER, rondo capriccio, do	6	»
NIEDERMEYER, cinq airs de ballet, chaque.............................	5	»
JAUCH, mélange à quatre mains........	7	50

Quadrilles.

JULIEN, deux quadrilles, chaque.......	4	50
MUSARD, deux quadrilles, chaque......	4	50
— les mêmes, à quatre mains, chaque...............	4	50
WALKIERS. L'opéra entier pour deux flûtes, en trois livraisons, chaque.......	9	»
CREMONT. do. pour deux violons, en trois livraisons, chaque....................	9	»
Pas redoublés et Walses pour musique militaire.		

Paris. — Imprimerie de Mme Ve Dondey-Dupré, rue Saint-Louis, 46, au Marais.

ACTE TROISIÈME.

ROME.

Une colline aux portes de la ville. On voit au loin la coupole de Saint-Pierre. Une maison à gauche. Grand jour. Semaine Sainte.

SCENE PREMIERE.

(Au lever du rideau, les personnages sont assis devant la maison.)

QUARTETTINO.

STRADELLA, LÉONOR, BEPPO, GINEVRA.

STRADELLA, *seul.*

Salut, salut
A l'humble asile
Où Dieu voulut
Guider mon luth !

(S'adressant à Ginevra.)

Oui, si dans Rome où je m'exile
Nos jours sont doux,
C'est grâce à vous !
Nous avons fui cette Venise,
Séjour fatal du déshonneur ;
L'amour enfin nous favorise,
Cachons ici tout mon bonheur !

ENSEMBLE.

LÉONOR *et* STRADELLA.

Goûtons ainsi
Des jours plus calmes ;
N'ayons ici
Plus de souci ;
L'amour et l'art, joignant leurs palmes,
En ce séjour
Tiendront leur cour !
O mon sauveur, tu m'as ⎱ravie
Moi, ton vengeur, qui t'ai ⎰
Au joug cruel de ces méchans,
A toi mon cœur, à toi ma vie,
Je n'ai d'orgueil que pour tes ⎱chants.
Tu seras l'ange de mes ⎰
Oui tu seras et ma gloire et ma vie,
A moi dont l'ame un jour s'est éprise à tes ⎱chants.
O toi l'objet divin et le prix de mes ⎰

BEPPO *et* GINEVRA.

Goûtez ainsi
Des jours plus calmes,
N'ayez ici
Plus de souci ;
L'amour et l'art, joignant leurs palmes,
En ce séjour
Tiendront leur cour.

(A Léonor.)

Son bras vengeur vous a ravie
Au joug cruel de ces méchans.

(A Stradella.)

A vous son cœur, à vous sa vie;

(A Léonor.)

A vous sa gloire, à vous ses chants !

RÉCITATIF.

GINEVRA.

Soyez les bien venus chez moi !

BEPPO.

Merci, ma mère !

STRADELLA.

Rome, sois ma patrie !

LÉONOR.

Ah ! plus de peine amère !
Payer un tel accueil, on le voudrait en vain !

BEPPO.

Courage ! car ce soir la musique du Maître
Appelle Rome entière à l'Office Divin !

STRADELLA.   [être ;

Oui, c'est mon jour d'épreuve et de bonheur peut-
Inspire-moi, mon Dieu, des chants dignes de toi !

LÉONOR.

A vous sera la gloire et vous serez à moi !

GINEVRA.

Nous voilà, mes enfans, au Jeudi Saint ! — encore
Quelques jours de carême, et l'on vous marira.

LÉONOR *et* STRADELLA.

Doux espoir !

STRADELLA.

Pour nos chants l'église se décore,

(A Léonor.)

Hâtez-vous, car on vous attendra.

REPRISE DU QUATUOR.

TOUS.

Dieu vient en aide à qui l'implore.
Bon espoir !
A ce soir !

(Ginevra rentre dans la maison. Léonor accompagne
quelques pas Stradella, qui se rend à l'église avec
Beppo. Elle lui dit adieu du geste, tandis que Spadoni entre en scène par la coulisse de gauche.)

SCENE II.

LÉONOR , SPADONI.

SPADONI , *arrivant et cherchant.*
J'y suis enfin !

(Il aperçoit Léonor.)
C'est elle !... Ils sont en mon pouvoir.
LÉONOR, *revenant.*
Spadoni !... que vois-je !...
SPADONI.
Oui... la belle fugitive...
C'est lui-même.
LÉONOR.
Grand Dieu!... vous ici! toujours vous!...
SPADONI.
Regardez vos amis avec des yeux plus doux !
LÉONOR.
Le Duc !...
SPADONI.
Le Duc dans Rome en ce moment arrive.
LÉONOR.
O ciel !...
SPADONI.
Un nouveau titre ajoute à sa grandeur :
Enfin près du Saint-Siége il est Ambassadeur !
LÉONOR.
Qui? lui !... l'Ambassadeur !...
SPADONI.
D'où vient cette surprise ?
LÉONOR.
Eh quoi ! me suivra-t-il partout , jusqu'au trépas,
Comme un démon fatal qui s'attache à mes pas !
SPADONI , *doucereux.*
Ingrate Léonor, quand vous quittez Venise,
Est-il donc étonnant que nous n'y restions pas ?

DUO.

LÉONOR , *à part.*
De terreur malgré moi je me sens oppressée !
SPADONI.
Allons ! plus de triste pensée !
LÉONOR , *à part.*
A mes yeux tout-à-coup s'est voilé l'avenir.

ADONI.
Voyez le brillant avenir !
LÉONOR.
Le courage est éteint dans mon ame glacée.
O mon rêve d'amour es-tu près de finir ?
SPADONI.
Avec vos beaux yeux, à votre âge,
Doit-on se désoler ainsi ?
Voyez, en reprenant courage,
L'honneur qu'on vous apporte ici !

ENSEMBLE.

LÉONOR.
De terreur, malgré moi, je me sens oppressée ;
A mes yeux tout-à-coup s'est voilé l'avenir ;
Le courage est éteint dans mon ame glacée,
O mon rêve d'amour, es-tu près de finir ?
SPADONI.
Loin de vous, belle enfant, toute sombre pensée ;
Quand l'espoir vous sourit, n'allez pas le bannir ;
Un seul mot, et soudain la fortune empressée
Par ma voix vous assure un brillant avenir !
SPADONI, *seul.*
Calmez, calmez, le trouble de votre ame ;
Le Duc mon maître est un noble seigneur;
Oui, sa largesse éclate avec sa flamme.
Que de beautés briguœraient cet honneur !
LÉONOR.
Moi, je le fuis, et la pauvre orpheline
N'a qu'un amour que doit suivre l'hymen.
SPADONI.
Sait-on quel sort Pesaro vous destine ?
Pour un aveu s'il vous offrait sa main !...
LÉONOR.
Oh ! que m'importe !
SPADONI.
Eh quoi donc ! la richesse
Et la splendeur...
LÉONOR.
Sans l'amour ce n'est rien.
SPADONI.
Et s'appeler Madame la Duchesse ?
LÉONOR.
Non ! non !
SPADONI.
Ainsi vous refusez ! fort bien !...
LÉONOR.
Va, va, fuis ma présence,
Quitte ces lieux que tu flétris ;
Plus haut que la puissance
Déjà mon cœur s'élance ;
Du grand chanteur il est épris !
Haine à ton maître , à toi mépris !
Haine et mépris !

SPADONI.
Eh quoi! pour vous unir au sort d'un misérable,
Vous rejetez un hymen glorieux?
Vous savez de quel crime il s'est rendu coupable!

LÉONOR.
Il a su s'affranchir d'un pouvoir odieux,
Et pour cela je l'aime!

SPADONI.
Tremble au moins pour lui-même!
Son maître est là!

LÉONOR.
L'autel m'attend!

SPADONI, *avec instance.*
Écoute-moi!

LÉONOR.
Traître, va-t'en!

ENSEMBLE.

LÉONOR.
Va, va, fuis, etc.

SPADONI, *à part.*
Quoi! l'on refuse de m'entendre!
On ose parler de mépris!
Ah! dans le piége qu'on va tendre,
Oui, tous les deux vous serez pris!

LÉONOR.
Dans notre exil plus de souffrance,
A vous la honte et le regret;
D'un tendre hymen j'ai l'assurance,
Notre bonheur est votre arrêt!

SPADONI.
On t'apportait une espérance,
Tu n'auras plus qu'un vain regret;
Il maudira ta préférence,
Et ton refus est son arrêt.

(*Léonor sort.*)

SCENE III.

SPADONI, *puis* LE DUC.

RÉCITATIF.

SPADONI, *seul.*
Le Duc par cette route au palais doit se rendre...
Que va-t-il m'ordonner?... Ah! c'est lui-même!

LE DUC, *entrant mystérieusement.*
Eh bien!

SPADONI.
Je l'ai vue...

LE DUC.
Et que puis-je obtenir enfin?

SPADONI.
Rien!
Tant qu'un félon sera près d'elle.

LE DUC.
Il faut le prendre
Et m'en débarrasser! Choisis des hommes sûrs,
Voici de l'or!

SPADONI,
J'entends!...

LE DUC.
Au sortir de l'église
Qu'on s'empare du traître!...et les Plombs de Venise
M'en répondront!

(Le Duc sort.)

SCENE IV.

SPADONI, *puis* LES PÉLERINS DE TOUTE L'ITALIE.

SPADONI, *seul, il réfléchit.*
Les Plombs et leurs cachots obscurs,
On s'en retire! Et puis il faut payer vingt hommes
Pour en saisir un autre; ah! mieux vaut un seul fer!
Des vengeurs à bon compte, on en trouve où nous
[sommes;
Eh bien! oui! le stylet! c'est plus sûr...et moins cher.
La foule arrive: bon! j'y trouverai mes drôles.

MARCHE ET CHOEUR

Des populations qui se rendent en pèlerinage à Rome pour
les solennités de la Semaine-Sainte.
Passe un groupe de Seigneurs et de dames.
SPADONI, *sur le devant.*
Oh! tous ceux-là sont trop riches pour de tels rôles.
Passe un groupe de pénitens.
LES PÉNITENS, *en marchant.*
Frères, chantons près des autels,
Gloire au Seigneur, paix aux mortels!
C'est Jeudi-Saint, venez prier,
Venez, pécheurs du monde entier!
SPADONI, *sur le devant.* [Rome.
Ceux-ci, pour le moment, sont de grands saints à
Passe un groupe de femmes du peuple de différens pays:
des femmes d'Albano, de Frascati, de Calabre, etc.,
avec des enfans qu'elles mènent par la main ou qu'elles
portent dans les bras.
LES FEMMES, *en marchant.*
Vierge du ciel, veillez sur nous,
Nous dont le cœur gémit pour vous!
C'est Jeudi-Saint, venez prier,
Venez, pécheurs du monde entier!
SPADONI, *sur le devant.*
Voilà qui n'oserait jamais tuer un homme!
MASSE DE PEUPLE, *arrivant en foule.*
C'est Jeudi-Saint, venez prier,
Venez, pécheurs du monde entier!
Dans cette foule on remarque des hommes mal vêtus et
d'un aspect sinistre.
SPADONI.
Enfin je vois des gens de mauvaise figure.
Il appelle.
Eh!...
Il entre dans la coulisse. Léonor et Ginevra sortent de la
maison, et suivent le dernier groupe de peuple.

LÉONOR, *en passant.*

Allons! et que Dieu détourne cet augure!
Peu à peu la foule s'est écoulée. Spadoni rentre en scène
avec deux bravi armés de poignards.

SCÈNE V.

SPADONI, PIETRO, MICHAEL.

TRIO.

SPADONI.

Trente ducats pour vous! voyez, mes braves gens,
Voulez-vous les gagner?.. c'est un beau bénéfice!

PIETRO.

Trente ducats?

MICHAEL.

Si c'est pour vous rendre service,
Nous acceptons.

SPADONI.

Vous êtes obligeans.

PIETRO.

C'est pour un coup hardi?

MICHAEL.

Quelque importante affaire?

SPADONI.

Bagatelle! un fâcheux dont il faut nous défaire.
Per la Vendetta!

PIETRO.

Bon! et pour trente ducats?
C'est donc quelqu'un dont on fait peu de cas?
Rien que trente ducats!..

SPADONI.

Eh! mais c'est une somme!..

PIETRO.

Il faut voir.

MICHAEL.

C'est selon.

PIETRO.

Enfin quel est cet homme?
Un manant?

MICHAEL.

Un païen?

PIETRO.

Un valet?

SPADONI.

Moins que rien,
Un chanteur!....

PIETRO *et* MICHAEL.

Ah! c'est bien!

ENSEMBLE.

PIETRO *et* MICHAEL.

Tout à vous, Excellence,
Avec zèle et prudence;
Oui, pour votre vengeance
Nous sommes prêts.

SPADONI.

En vous j'ai confiance,
De votre récompense
Voici moitié d'avance,
Le reste après.

PIETRO.

Dites-nous le nom de ce traître;
Encor faut-il connaître
Ceux que l'on doit...

Il fait le geste de poignarder.

SPADONI.

Bonne précaution!
Mais vous le connaissez peut-être?
C'est un misérable histrion,
Un nommé Stradella....

PIETRO.

Qu'entends-je!

MICHAEL.

Stradella!

TOUS DEUX.

Stradella!

SPADONI, *étonné.*

Quoi donc?

PIETRO.

Voilà qui change
Tous nos projets! Il fut bien convenu,
Quand de trente ducats nous acceptions la somme,
Qu'il s'agissait d'un inconnu.
Mais Stradella.....

MICHAEL.

Le grand chanteur de Rome!
Et puis c'est trop nous exposer.

PIETRO.

Lui que l'on aime tant!

MICHAEL.

Un talent de la sorte!

PIETRO *et* MICHAEL.

Ah! gardez votre argent.

SPADONI.

Eh! mais que vous importe?

PIETRO *et* MICHAEL.

Non, vous pouvez en disposer.

SPADONI, *à part.*

Ah! je vous vois venir!

Haut.

Ainsi pour qu'on s'expose,
Trente ducats sont peu de chose.
Et si l'on vous en donnait cent?

PIETRO *et* MICHAEL.

Ah! monseigneur, c'est différent.

ENSEMBLE.

Tout à vous, etc.....

PIETRO.

Quel temps nous donnez-vous?

SPADONI.

Mais vous pouvez sans crainte,
Au sortir de l'église, aujourd'hui le saisir
Et le frapper!....

PIETRO.

O ciel! dans la Semaine-Sainte,
D'un tel péché, moi, j'irais me noircir?..
Dans quelques jours...

SPADONI.
Il faut qu'il meure aujourd'hui même.
MICHAEL.
Autant vaudrait tout droit m'envoyer en Enfer !
PIETRO.
Non, quand il s'agirait de tuer Lucifer,
Je ne le voudrais pas en saint temps de Carême !
SPADONI.
Vraiment le scrupule est parfait !
PIETRO *et* MICHAEL.
Tenez, voilà votre or !
SPADONI, *à part.*
Voyez les bons apôtres,
Ils vont me prendre tout.
PIETRO.
Entre nous rien de fait !
SPADONI.
Écoutez donc !
PIETRO *et* MICHAEL.
Adressez-vous à d'autres.
SPADONI, *avec force.*
Au lieu de cent ducats, si j'en offrais deux cents?
PIETRO *et* MICHAEL, *plus bas.*
Oh ! non, le crime est trop infâme !
SPADONI, *plus fort.*
Trois cents ?
PIETRO.
Ah ! vous voulez, serpent, damner mon ame,
C'est mal !
SPADONI, *insistant.*
Décidez-vous....
PIETRO, *à* MICHAEL.
Qu'en dis-tu ?
TOUS DEUX, *après une pause.*
J'y consens !

ENSEMBLE.

PIETRO *et* MICHAEL.
Tout à vous, Excellence,
Avec zèle et prudence,
Oui, pour votre vengeance
Nous sommes prêts !
SPADONI.
En vous j'ai confiance,
De votre récompense
Voilà moitié d'avance,
Le reste après.

On entend les cloches. Les assassins s'agenouillent en joignant les mains, puis, se regardant l'un l'autre, ils se relèvent et entonnent avec force la Stretta.

ENSEMBLE.

SPADONI, PIETRO, MICHAEL.
Marchez, marchez, } la mort { vous } suit,
Marchons, marchons, } la mort { nous } suit,
Pour Stradella le fer reluit ;
Que tout soit fait avant la nuit.

Frappez } sans peur, { frappez } sans bruit.
Frappons } sans peur, { frappons } sans bruit.
Ce soir, dans l'ombre il doit sortir,
Ni vain effroi, ni repentir,
Rien ne pourra le garantir,
Son dernier chant va retentir !
Ils se séparent.

CHANGEMENT DE DÉCOR.

L'intérieur de l'église Sainte-Marie-Majeure. — On ne voit ni l'autel ni les officians. — Foule immense agenouillée.—Des soldats font la haie. Les orgues jouent.

SCENE VI.

STRADELLA, *sur un gradin au milieu de l'église.* LÉONOR, BEPPO, GINEVRA, *sur le devant de la scène; puis, dans un coin,* PIETRO *et* MICHAEL *observant* STRADELLA, *ensuite* SPADONI, PEUPLE *à genoux.*

FINAL.
PRIÈRE DU PEUPLE.

O Dieu tout-puissant,
Toi, qui reçois la prière
De l'innocent,
Nous levons les yeux
Vers ton palais de lumière ;
Dans les cieux,
Entends ceux qu'ici bas
Enflamme encor la foi première,
Et de nous, ô mon Dieu ! ne te détourne pas !
MICHAEL, *montrant Stradella.*
Le voilà !
PIETRO.
Nos stylets le reconnaîtront bien.
PIETRO *et* MICHAEL.
Attendons la nuit.
MICHAEL.
Je retien
De le frapper.
PIETRO.
Non, moi !
MICHAEL.
Tous deux !
LÉONOR, *à part.*
Sainte Madone,
A votre bon secours notre espoir s'abandonne.
LE PEUPLE.
Au sein de l'erreur,
Dont la nuit sombre et funeste
Flétrit le cœur ;
Notre père à tous,
Fais luire un phare céleste
Devant nous !
Afin, ô divin Roi,
Que ta clarté toujours nous reste,
Et ramène de loin tes enfans jusqu'à toi ;
Avec amour, espoir et foi,
Nous adorons ta sainte loi !

STRADELLA, *solo.*

Pleure, Jérusalem, ton erreur et ton crime!
Au jour long-temps prédit le Sauveur est venu.
Pour racheter tes fils de l'éternel abîme,
Il descendait du ciel, et tu l'as méconnu!

LE PEUPLE.

Pleure, Jérusalem....

STRADELLA.

O dévoûment divin! sacrifice sublime!
Le fils du Dieu vivant meurt pour l'amour de nous,
Au moment de s'offrir, pour le monde, en victime,
Lui-même il tremble, il pleure, il se jette à genoux!

I.

De mes lèvres, mon père, éloignez ce calice!
Ayez pitié de moi, car j'espère en vous seul!
Vous pouvez tout, Seigneur! que ma voix vous
[fléchisse;
Secourez votre fils, loin de moi ce linceul!....

II.

A l'approche, ô mon Dieu! de la mort qui s'ap_
[prête,
De frayeur, tout-à-coup, tu me vois tressaillir!
Fils de l'homme, aux douleurs qui menacent ma
[tête,
Je sens frémir mon ame, et mon corps défaillir!
Mais, mon père, soyez béni, quoi qu'il advienne,
Que votre volonté soit faite, et non la mienne.

LE PEUPLE.

Au nom de votre Fils, de sa sainte agonie,
Pardonnez, Dieu clément, à notre iniquité!

LÉONOR.

O mon Dieu, mon soutien, Providence infinie;
Pour sa gloire en ce jour j'implore ta bonté!

MICHAEL.

Quel trouble!..

PIETRO.

Qu'as-tu donc?..

MICHAEL.

Cette sainte harmonie...
Cette voix... aurons-nous, dis-moi, la cruauté...

PIETRO.

Et nos ducats! Allons! viens d'un autre côté.

Ils s'éloignent.

STRADELLA, *solo.*

O vous qui blasphémez et son nom et sa gloire,
Du Dieu des nations redoutez le courroux!
Le sang divin rougit la Croix expiatoire,
Et le sang répandu retombera sur vous!

LE PEUPLE.

Et le sang répandu retombera sur nous!

STRADELLA.

Quand Dieu se lèvera pour rendre la justice,
La terre tremblera jusqu'en ses fondemens;
Les méchans renaitront pour l'éternel supplice;
On entendra des pleurs et des gémissemens!

LE PEUPLE.

Ah! sauvez-nous, Seigneur! nous sommes vos enfans!

PIETRO *et* MICHAEL, *frappés d'étonnement.*

C'est la voix de l'Archange aux éclats triomphans!

STRADELLA, *avec force.*

Malheur au superbe, au cupide!

TOUT LE PEUPLE, *à voix basse et avec stupeur.*

Malheur au superbe, au cupide!

STRADELLA.

Malheur à l'impie, au perfide!

LE PEUPLE.

Malheur à l'impie, au perfide!

STRADELLA.

Au cœur de voluptés avide!

TOUT LE PEUPLE.

Au cœur de voluptés avide!

STRADELLA, *d'une voix tonnante.*

Malheur surtout à l'homicide!!!
Pour jamais l'Enfer les attend!

LE PEUPLE.

Malheur surtout, etc.

PIETRO *et* MICHAEL, *effrayés.*

Ah! l'entends-tu?... malheur à l'homicide!

On entend des harpes.

STRADELLA, *avec extase.*

Mais dans les cieux joie éternelle
Au juste, à ses devoirs fidèle!
Gloire aux saints que Dieu même appelle!
Et grâce au pécheur repentant!

Entre Spadoni qui vient tout observer.

ENSEMBLE.

STRADELLA.

Leur voix avec la voix des anges,
Chantera sans fin les louanges
Du Dieu, source de tout bonheur!

LE PEUPLE, BEPPO, GINEVRA.

Mêlons nos voix aux voix des anges,
Pour appeler sur nous les regards du Seigneur!

PIETRO *et* MICHAEL, *tombant à genoux.*

Dieu vient de parler, mon cœur change;
Loin de moi ce poignard! Grâce, grâce, Seigneur!

LÉONOR.

Tous sont frappés d'un charme étrange,
Le voilà triomphant; merci, merci, Seigneur!

SPADONI, *observant Pietro et Michael.*

O trahison! folie étrange!

Montrant Stradella.

Mais il n'est pas sauvé, j'en jure mon honneur!

Spadoni sort en faisant des gestes menaçans.

CHOEUR GÉNÉRAL.

Gloire à Dieu dans le ciel! Hosanna sur la terre!
Le saint mystère
S'est accompli,
Et nos péchés sont dans l'oubli.
Hosanna dans le ciel! gloire à Dieu sur la terre!
Exaltons ses bienfaits dont le monde est rempli!

FIN DU TROISIÈME ACTE.

ACTE QUATRIÈME.

La place du Capitole à Rome. Au fond le Grand Escalier.

SCENE PREMIERE.

LÉONOR, *en habits de mariée*, BEPPO, GINE-
VRA, SPADONI, PEUPLE, FEMMES ET ENFANS.

CHOEUR.

Au Capitole !
Le grand triomphe est décerné
A Stradella, lui, notre idole!
Plaisir pour tous ! jour fortuné !
Il va donc être couronné
Au Capitole !

RÉCITATIF.

GINEVRA.

Dieu l'a sauvé !

LÉONOR.

Celui qu'attendaient les poignards
Va marcher au triomphe !

BEPPO.

Et la noce est fixée
Pour aujourd'hui.

SPADONI, *ironiquement à Léonor.*

Salut! la belle fiancée,
Favorite à la fois de l'amour et des arts !

LÉONOR, *effrayée, à Beppo et Ginevra.*

Ah ! venez au-devant de Stradella.

Léonor, Beppo et Ginevra s'éloignent.

SPADONI, *à part.*

Sa fête
Et sa noce, on leur garde ici de bons témoins !
La victoire souvent conduit à la défaite : (moins !
Vous l'apprendrez tous deux, s'il en est temps du

SCENE II.

LES PRÉCÉDENS, *puis* STRADELLA, *entouré de
peuple,* PIETRO ET MICHAEL.

LE CHOEUR, *en mouvement.*

Courons! courons! enfans de Rome !
Des fleurs, des fleurs pour le grand homme!
Gloire au grand maître, à Stradella !
De ses trésors Dieu le combla :
Le voilà ! le voilà !
Gloire et bonheur à Stradella !

STRADELLA.

Que la gloire en tes murs est belle,
Rome ! et mon cœur l'offre à l'amour !

LÉONOR.

Ce soir l'hymen ! ah ! quel beau jour !

PIETRO *et* MICHAEL, *à Spadoni.*

Qu'ils soient heureux !

SPADONI.

Race infidèle,
Vous allez voir !

Il sort en menaçant.

LÉONOR.

Ah ! quel beau jour !

OVATION.

REPRISE DU CHOEUR.

Gloire au grand maître, à Stradella !
De ses trésors Dieu le combla !
Le voilà! le voilà !
Gloire et bonheur à Stradella !

SCENE III.

Des jeunes filles offrent des fleurs et des couronnes à Stradella, et le conduisent ainsi que Léonor sous un dais
pour assister à la fête qu'on a préparée.

BALLETS.

Après les danses, sur la reprise de l'ovation, défile le cortége triomphal. On y remarque les grands dignitaires de
Rome, les députations des académies, des généraux,
des ambassadeurs, etc. — Autour d'un pavois, les neuf
Muses représentées par de jeunes filles portant différens attributs.

Au moment où Stradella, revêtu de la pourpre, se dis-
pose à monter sur le pavois au bas du Grand Escalier,
le Duc et Spadoni descendent tout-à-coup précédés des
soldats Dalmates, garde de l'Ambassade.

SCENE IV.

LES PRÉCÉDENS, LE DUC, SPADONI, SOLDATS
DALMATES, *qui restent au fond.*

FINAL.

LE DUC.
Peuple, au nom de Saint-Marc, je réclame un trans-
Qu'on livre à mon pouvoir Stradella le chanteur.

LÉONOR.
Juste ciel !

STRADELLA.
Ne crains rien !

SPADONI.
Pour vous plus de refuge!

LE PEUPLE.
Que veut-il ?

LE DUC *et* SPADONI, *avec force.*
Stradella !

LÉONOR.
Grand Dieu !

LE PEUPLE.
L'Ambassadeur !

SPADONI.
Silence !

LE DUC.
C'est Venise, et Venise irritée ,
Qui rappelle un sujet infidèle à ses lois !

LE PEUPLE.
Quel mystère est-ce donc ?

LÉONOR , *à part.*
De terreur agitée,
Je frémis.

LE DUC , *avec force.*
Stradella pour la dernière fois !

STRADELLA, *au Duc.*
Encore votre haine !
Poursuivrez-vous toujours
Ma vie et mes amours !

BEPPO , GINEVRA, LE PEUPLE.
Voyez, voyez sa peine !

SPADONI.
Eh ! pas tant de pitié d'un valet sans honneur !
Il a levé la main sur son maître et seigneur !

LE PEUPLE.
O forfait ! plus d'espoir !

LÉONOR.
Non, il n'est pas coupable !
C'était pour me sauver d'un lâche suborneur,
De lui !... de lui !...

Elle désigne le Duc.

SPADONI.
Mensonge!

STRADELLA
Oui, ce maître implacable,

Jaloux de mon trésor ,
Insultait à ses charmes !
Et moi je l'ai tenu tout tremblant sous mes armes.

LE DUC , *furieux.*
Traître !...

BEPPO *et* GINEVRA.
Nous le jurons !

PIETRO *et* MICHAEL , *à Spadoni.*
Et l'autre soir encor,
Pour frapper Stradella tu nous donnas cet or !
Le voici !...

Ils jettent l'or.

LE PEUPLE.
Quelle horreur !

LE DUC *et* SPADONI.
Par Saint-Marc, qu'on se rende !

LE PEUPLE.
Rome l'a couronné ! que Rome le défende !

ENSEMBLE.

STRADELLA.
Eh quoi! le crime, ô ciel , jusqu'en ces murs
Menace nos destins !   [lointains,
Mais la vengeance en vain ramène ici tes pas ,
Non, je ne tremble pas !
Faut-il toujours courber la tête
Sous le pouvoir qui me poursuit!
Au bonheur qui pour nous s'apprête ,
De longs tourmens m'avaient conduit ;
C'en est trop ! ah ! que rien n'arrête
Mon noble essor,
Plus fier encor !

LÉONOR.
Dieu tutélaire ! hélas ! un avenir plus doux
Déjà brillait pour nous !
Et dans ces murs sacrés l'amour proscrit d'abord
Avait fléchi le sort;
Des assassins le poignard même
N'osait frapper mon noble amant;
Et de mon cœur le vœu suprême
S'accomplissait dans ce moment...
O malheur ! quelle angoisse extrême !
En son pouvoir
Faut-il nous voir ?

LE DUC *et* SPADONI.
Tu croyais donc, ô misérable
Nous échapper et fuir ton sort ?
Il n'est pour ton crime exécrable
Point de pitié, ni de remord.
Entends Venise inexorable
Qui te rappelle pour la mort !

BEPPO *et* GINEVRA.
Ah ! quel malheur trop déplorable
S'attache donc à votre sort ?
Non ! dans leur aine inexorable
Point de pitié ni de remord.
Hélas ! leur fureur exécrable
Vous poursuivra jusqu'à la mort !

ENSEMBLE.

LÉONOR, BEPPO, GINEVRA, PIETRO *et* MICHAEL, PEUPLE.

$\text{Mais} \brace \text{Oui}$ } Rome entière,
Heureuse et fière,
Va l'adopter parmi ses fils ;
Libre d'entrave ,
Qu'enfin il brave
Les coups du sort et vos défis !
De { notre / leur } amour et de sa gloire

La garde est en { vos / nos } mains ,

Et le génie a droit de croire
A l'appui des Romains !
Allons, allons, | et dans { leurs / nos } rangs
Venez, venez, |

Fuyons / Fuyez } les fers de { nos / vos } tyrans.

Aux gens du Duc.

Et vous, arrière ! sur vos pas,
Sans qu'on nous tue il n'ira pas !

STRADELLA.

Oui, Rome entière ,
A ma prière,
Va m'adopter parmi ses fils,
Libre d'entrave ,
Enfin je brave
Les coups du sort et vos défis !
De mon amour, ma seule gloire,
La garde est en vos mains ;
Et l'innocence a droit de croire
A l'appui des Romains.
Allons, allons, et dans leurs rangs
Fuyons les fers de nos tyrans.

Aux gens du Duc.

Et vous, arrière ! sur vos pas,
Je l'ai juré, nous n'irons pas !

LE DUC *et* SPADONI.

Quand Rome entière ,
A sa prière,
Va l'adopter parmi ses fils,
De cet esclave
Ici je brave
La résistance et les défis !
Malgré ses cris, malgré sa gloire,

Leur sort est en { vos / mes } mains.

C'est vainement qu'ils osent croire
A l'appui des Romains !
Pour soutenir l'orgueil des grands ,
Nous le prendrons / Je le prendrai } jusqu'en leurs rangs;
Arrière ! ne résistez pas !
Il faut qu'il marche sur nos pas !

REPRISE DE L'ENSEMBLE PRÉCÉDENT.

STRADELLA.

Eh quoi ! le crime, etc.

Fanfares.

STRETTA.

LE DUC *et* SPADONI.

Dalmates !... aux armes !
Voici les clairons ;
Au signal d'alarmes,
Amis soyez prompts.
Soldats ! on veut nous résister,
Courez tous l'arrêter !
Il mérita le coup mortel ;
Emparez-vous du criminel !

LES DALMATES.

En avant ! Aux armes !
Voici les clairons ;
Au signal d'alarmes
Tous nous répondrons.
Place à l'étendard
Du vaillant Saint-Marc ;
Ne cherchez pas à résister,
Nous saurons l'arrêter !
Craignez pour vous le coup mortel ;
Livrez, livrez le criminel !

BEPPO, GINEVRA, PIETRO, MICHAEL, LE PEUPLE.

Nous saurons bien vous résister,
N'osez pas l'arrêter !
Craignez pour vous le coup mortel ;

Montrant le Duc.

Voilà , voilà le criminel !

STRADELLA.

Nous saurons bien vous résister,
N'osez pas m'arrêter !
Craignez pour vous le coup mortel ;

Montrant le Duc.

Voilà, voilà le criminel !

LÉONOR.

Pourrons-nous bien leur résister?

Aux Dalmates.

N'osez pas l'arrêter !

Au peuple.

Sauvez ses jours du coup mortel ;

Montrant le Duc.

Voilà, voilà le criminel !

REPRISE DE LA STRETTA.

LE DUC, SPADONI, LES DALMATES.

Ah ! { croisez / croisons } les armes !
C'est trop d'un affront ;
Aux fureurs, aux larmes,
Vos / Nos } coups répondront.

ENSEMBLE GÉNÉRAL.
Lutte du peuple et des soldats.
LÉONOR.

Ah! grâce ! Dieu tout-puissant !
J'affronte leur fer menaçant.

Elle se jette entre les soldats et le peuple.

Vous ne l'aurez qu'avec mon sang !

Elle tient Stradella étroitement embrassé.

STRADELLA, *montrant Léonor*.

Protégez-la; Dieu tout-puissant !

Aux soldats.

Et vous, cruels, prenez mon sang !

BEPPO *et* GINEVRA, LE PEUPLE.

Contre le glaive menaçant
Protégez-nous, Dieu tout-puissant !

LES DALMATES.

Craignez ce glaive menaçant ,
Pour son forfait il faut du sang !

SPADONI *et* LE DUC, *aux soldats*.

Frappez ce peuple menaçant !

A Stradella.

Pour ton forfait il faut du sang !

Les soldats arrachent avec peine Léonor des bras de
Stradella; ils le saisissent au milieu du peuple qui
l'entoure. Le Duc, qui a tiré son épée, s'appuie
sur le pommeau, et commande du geste. Léonor
tombe dans les bras de Ginevra, tandis qu'on emmène
Stradella.

FIN DU QUATRIÈME ACTE.

ACTE CINQUIÈME.

VENISE.

Une Hôtellerie.

SCENE PREMIERE.

UNE TROUPE DE **SALTIMBANQUES, LÉONOR,**
sur le devant du théâtre, assise toute pensive.
Les saltimbanques sont occupés à s'affubler
d'oripeaux de toutes sortes.

CHOEUR DANSÉ.

TOUS.

Pour les fêtes , à sa guise,
Que la troupe se déguise.

QUELQUES-UNS.

Toi , la robe de marquise !

D'AUTRES.

Toi, ce casque !

D'AUTRES.

A nous, ces fleurs!

TOUT.

O Fortune, sois conquise
Par les braves bateleurs !

Camarades,
Venise est là pour applaudir !
Les cruzades
Dans nos goussets vont rebondir !
Salut donc , belle cité
De splendeur, de volupté !
Grand Saint-Marc, soyez fêté
Des enfans de la gaîté !
Ni sommeil, ni loisir;
Le moyen de réussir
Nous saurons le saisir,
Vive l'or et le plaisir ! .

RÉCITATIF.

LÉONOR , *à part , allant à la porte et revenant*
agitée.
Beppo ne revient pas ! ô mon Dieu, je t'implore!
Stradella dans les fers !... que je le voie encore !
PREMIER SALTIMBANQUE , *à Léonor.*
Des pleurs ?
DEUXIÈME SALTIMBANQUE.
Toujours !
PREMIER SALTIMBANQUE.
Pourquoi ? Dieu le sait ! mais enfin
De Rome elle a fait route ainsi jusqu'à Venise !
DEUXIÈME SALTIMBANQUE.
Sans nous , elle mourait de fatigue et de faim !
TROISIÈME SALTIMBANQUE.
Et moi , sur mon cheval , en croupe je l'ai prise.
PREMIER SALTIMBANQUE.
En galant chevalier !
TROISIÈME SALTIMBANQUE.
Et je m'en fais honneur !
La pauvre enfant !
PREMIER SALTIMBANQUE.
Ce trait doit nous porter bonheur.

SCENE II.

LES PRÉCÉDENS, BEPPO.

LÉONOR , *à part.*
Enfin c'est lui !... je tremble !
Les saltimbanques se retirent au fond du théâtre et
parlent entre eux.
BEPPO , *à part.*
Hélas ! comment lui dire...
LÉONOR , *à Beppo.*
Eh bien ! l'as-tu vu ?
BEPPO .
Non ; on venait de lui lire
Sa sentence !...

LÉONOR.
Ah ! tais-toi !... la mort ?...
BEPPO, *à part.*
Hélas ! ce soir !
LÉONOR.
Et ma lettre ?...
BEPPO.
A présent, Stradella doit l'avoir
Avec votre or !
LÉONOR.
C'est bien !
BEPPO.
Et quel est votre espoir?
LÉONOR.
Le Duc est loin encore ?...
BEPPO.
Ah ! je viens de le voir ;
L'élection du Doge à Venise l'appelle...
Et toujours près de lui son Spadoni fidèle.
LÉONOR, *éplorée.*
C'est fait de nous, mon Dieu ! que ne puis-je mourir
Avec Stradella !
BEPPO , *aux saltimbanques.*
Ciel ! venez la secourir !
PREMIER SALTIMBANQUE.
Compagnons, de ses sens elle a perdu l'usage.
CHOEUR DES SALTIMBANQUES *autour d'elle*
Ah! revenez à vous! (*à part,*) Quel sinistre pré-
[sage !

Bruit de patrouille au dehors.

BEPPO.
Qu'entends-je ?
PREMIER SALTIMBANQUE.
Qu'est-ce donc ?
DEUXIÈME SALTIMBANQUE.
C'est la garde de nuit.
BEPPO.
A cette heure ?
On écoute.

SCENE III.

LES PRÉCÉDENS, STRADELLA *entre précipitam-*
ment, et reste immobile.

STRADELLA , *pâle et effaré.*
Asile !
LÉONOR , *revenue à elle , pousse un cri.*
Ah !
STRADELLA , *d'une voix étouffée.*
Ne bougez pas ! silence !...
Ils sont partis !
LÉONOR, *courant dans ses bras.*
C'est toi ! c'est toi !
Les saltimbanques au fond se font des signes entre eux.

STRADELLA.
De la prudence !
Oui , j'ai pu me sauver!
LÉONOR.
Enfin '...
STRADELLA.
On me poursuit.
Mais nous pouvons encor par une prompte fuite..
Ils se dirigent vers la porte et s'arrêtent tout-à-coup.
Bruit de patrouille qui revient.
Il n'est plus temps !...
TOUS.
Grand Dieu !
PREMIER SALTIMBANQUE.
Parmi nous tout de suite
Rangez-vous ; d'un acteur prenez le vêtement !
On le déguise.
LÉONOR , *à part.*
Tout mon sang s'est glacé !
PREMIER SALTIMBANQUE.
Sous ce déguisement
Qui vous reconnaîtrait ? Allons ! vite , gaîment ,
Confrère , tout de bon jouons la comédie !
STRADELLA ET LÉONOR.
Mes bienfaiteurs !
LÉONOR.
Deux fois je vous devrai la vie !
PREMIER SALTIMBANQUE.
Bien ! bien ! n'en parlons pas.
Aux autres saltimbanques.
A nous ! c'est le moment.

REPRISE DU PREMIER CHOEUR.

Salut donc, belle cité , etc.

SCENE IV.

LES PRÉCÉDENS , UNE RONDE , UN OFFICIER.

LÉONOR, *à part.*
Les sbires ! ô terreur !
L'OFFICIER.
Que faites-vous ici ?
PREMIER SALTIMBANQUE.
Nous sommes une troupe ambulante et comique ,
Arrivant de Calabre à bon port , Dieu merci !
D'un ton solennel.
Musique, jeu scénique, art lyrique, mimique ,
Pour le Doge à nommer, tout se prépare ainsi.
L'OFFICIER.
La Ronde a du bonheur! allons! qu'on nous amuse !
A un de la troupe.
Ton rôle, à toi?
SALTIMBANQUE , *avec emphase.*
Je suis des plus appréciés
Pour le genre tragique !

L'OFFICIER.
Au diable si j'en use !

A un autre.
Et toi ?

LE SALTIMBANQUE.
Moi pour la gigue et pour les passe-pieds.

Il va pour pirouetter.

L'OFFICIER, *le retenant.*
Bien !

A Stradella.
Et toi, là-bas ?

UN SALTIMBANQUE, *se mettant devant Stradella.*
Moi !

L'OFFICIER, *désignant Stradella.*
L'autre !

LE SALTIMBANQUE, *d'un air niais.*
Ah ! le camarade!...

L'OFFICIER.
Que sait-il ?

PREMIER SALTIMBANQUE, *hésitant.*
Mais...

STRADELLA, *s'avançant.*
Je chante.

L'OFFICIER.
Allons ! c'est pour le mieux !
Chante !

TOUS.
Oui, de ton savoir devant tous fais parade.

STRADELLA.
Bien volontiers !

LÉONOR, *à part.*
Pourvu qu'il échappe à leurs yeux !

BARCAROLLE.

STRADELLA, *s'accompagnant avec une mandoline.*

PREMIER COUPLET.

Voyageur, à qui Venise
Se dévoile après le jour,
Si ton ame ailleurs est prise,
Que je plains ton autre amour !
De retour vers ta charmante,
Dans Grenade ou Bassora,
Le souci qui te tourmente
A ses pieds te poursuivra ;
Car Venise est une amante
Que jamais on n'oubliera !
Où sont donc vos belles nuits ?
Diras-tu dans tes ennuis,
Venise, ô ma beauté !
Mon cœur vous est resté !

LES SALTIMBANQUES.
Pas mal! vraiment, c'est du nouveau!
Honneur à toi ! bravo ! bravo !

L'OFFICIER, *à part.*
Quel soupçon !

Il parle bas à un sbire.
Obéis !

A Stradella.   Le sbire sort.
C'est très-bien !... mais poursuis !

STRADELLA.
DEUXIÈME COUPLET

Des princesses d'Italie,
C'est Venise, le matin,
Qui s'endort la plus jolie
Dans les fleurs et le satin !
Et le soir, c'est la plus folle
Sous le masque de velours,
La plus tendre en sa gondole,
Et la plus noble toujours !
La musique est sa parole,
Et ses rêves les amours !
O Venise ! plus d'ennuis !
A nous tous tes belles nuits !
Venise ! ô ma beauté,
Chez toi la liberté !

L'OFFICIER ET LES SBIRES, *accompagnant les quatre derniers vers. A part.*
Ces accens !... quelle voix est-ce là ?
Se peut-il ?... Oui ! c'est lui...

Haut.
Stradella!...

Il lui arrache son déguisement.
TOUS, *stupéfaits.*
Stradella ! Stradella !

LES SBIRES.
Suivez-nous !

LÉONOR.
C'en est fait !

L'OFFICIER.
Qu'on garde bien la porte !

LES SALTIMBANQUES.
Quoi ! Stradella !

L'OFFICIER.
Marchons !

LES SALTIMBANQUES.
Malheur!!...

LÉONOR.
Mon bien-aimé !

LES SALTIMBANQUES, *entre eux.*
Ne peut-on le sauver ?...

L'OFFICIER.
Oh! nous avons main forte !
Suivez-nous !

LÉONOR, *se jetant au devant d'eux.*
Arrêtez !...

On entend au loin trois coups de canon.
Ah ! le Doge est nommé!...

LES SALTIMBANQUES.
Quel espoir !

LÉONOR.

En ce jour il a le droit de grâce !

LES SALTIMBANQUES,

Il nous accordera celle du Maestro !

LÉONOR.

Paix ! écoutez son nom !... c'est le crieur qui passe...

Roulement de tambour. Ils écoutent en silence.

CRIEUR, *en dehors.*

« Nobles et citadins, bourgeois de toute classe,
» Le Doge qu'on proclame... »

La voix se perd dans l'éloignement. Spadoni paraît avec le shire qui est sorti à la fin du premier couplet de la barcarolle.

SPADONI, *entrant.*

Allez demander grâce
Au Doge Pesaro !

TOUS, *consternés.*

Pesaro ! Pesaró !

Léonor s'enfuit précipitamment comme frappée d'une idée subite. Les soldats emmènent Stradella. Les saltimbanques les suivent.

CHANGEMENT A VUE.

Le quai des Esclavons devant la Piazzetta; au fond panorama de Venise, le Bucentaure doré, la mer couverte de gondoles et de vaisseaux pavoisés ; les colonnes du Lion de Saint-Marc et de Saint-Théodore; à droite les derniers arceaux du palais Ducal, et les prisons. Soleil éclatant.

SCENE V.

PEUPLE, FEMMES, ENFANS, SOLDATS, LEVANTINS, MARCHANDS, GONDOLIERS, JUIFS, MAURES, etc.

CHOEUR DANSÉ.

Accourez tous ! enfans joyeux ,
Ici pour voir nous serons mieux !
Le Doge est proclamé !
Voici la fête souveraine !
Honneur au Prince aimé !
Des vastes mers vive la reine !
Venez, et plus de peine !
L'ivresse nous entraîne !
Le Doge est proclamé ,
Voici la fête souveraine.
Honneur au Prince aimé !
Des vastes mers vive la reine !
Au Bucentaure , devant nous,
Il va monter fier et jaloux.
La Mer attend son noble époux,
Et les plaisirs seront pour tous !...

SCENE VI.

LES PRÉCÉDENS, SPADONI, PLUSIEURS BRAVI.

SPADONI.

Çà, mes braves ! un Doge à fêter ! un coupable
A punir ! par saint Marc ! double fête en ce jour !
D'enthousiasme ici chacun est-il capable ?
Car le Duc ne doit voir que transport et qu'amour !

LES BRAVI.

Vivat !

SPADONI.

Très-bien ! soyez ainsi dans le cortége.

LES BRAVI.

C'est dit !

SPADONI.

Trinquons d'abord , et que Dieu vous protége!

Ils prennent des coupes et des flacons des mains d'une cantinière.

CHANSON A BOIRE.

PREMIER COUPLET.

SPADONI.

Buvons ! buvons ! c'est le moment;
Voici la coupe et l'autel du serment !

LES BRAVI.

Buvons, etc.

SPADONI.

Jurons, amis, tous ensemble et gaîment
D'être plus enflammés que ce vin écumant !

LES BRAVI.

Jurons, etc.

SPADONI.

Vive le vin ! il rend le cœur plus fort !

LES BRAVI.

Vive, etc.

SPADONI.

Vive le vin ! il nous met tous d'accord !

LES BRAVI.

Vive, etc,

REFRAIN, *en chœur.*

Le vin nous donne sa chaleur,
Il teint nos fronts de sa couleur;
Il rend égaux pauvre et seigneur.
Du vin , du vin, ah ! quel bonheur !

DEUXIÈME COUPLET.

SPADONI.

Buvons toujours, buvons encor !
Le vin vaut mieux dans l'étain que dans l'or.

LES BRAVI.

Buvons, etc.

SPADONI.

Des vrais amis il est le seul trésor,
A l'amour, au courage il donne un noble essor !

LES BRAVI.

Des vrais, etc.

SPADONI.

Aux signoras à l'œil brillant et noir !

LES BRAVI.

Aux signoras, etc.

SPADONI.

Aux bons stylets qui nous servent le soir !

LES BRAVI.

Aux bons stylets, etc.

REFRAIN, *en chœur.*

Le vin nous donne, etc.

Ils se dispersent.

SCENE VII.

LES PRÉCÉDENS, *excepté* SPADONI ET LES BRAVI,
puis LÉONOR.

On entend des cris en dehors.

SCÈNE ET AIR.

LE PEUPLE, *regardant vers le fond du théâtre.*
Silence!... amis!... là-bas qu'entends-je?
Qui vient ici?... quel bruit étrange?...
Voyons! voyons! c'est sur le port!
Tous en tumulte comme ils courent!..
Et cette femme qu'ils entourent...
Ah! quel désordre et quel transport!

LÉONOR, *entrant, les cheveux épars.*
Ah! quelle horrible trame!
O crime infâme!
Je sens mon ame,
Fuir loin de moi!

PEUPLE.
Écoutons! ses accens
Ont troublé tous mes sens!

LÉONOR.
Si je pouvais périr pour toi!...

LE PEUPLE.
Pauvre femme! eh! pourquoi
Ces sanglots, cet effroi?
Confiez-vous à notre foi,
L'humanité c'est notre loi!

LÉONOR.
Mon Dieu, je pleure!
Faut-il qu'il meure?
Pitié pour Stradella! pitié, pitié pour moi!
Au peuple.
Ah! pour lui la mort s'apprête,
Verrez-vous tomber sa tête?
Non jamais... je n'y puis croire...
Tant d'amour et tant de gloire,
Ah! vos bras! vos cris! vos armes!..
Joignez-vous tous à mes larmes!

LE PEUPLE, *accompagnant.*
Quoi! Venise dans ce jour,
Sombre et folle tour à tour,
Perdra-t-elle sans retour
Tant de gloire et tant d'amour?...

LE PEUPLE, *seul.*
L'arrêt de mort est donc rendu?
Hélas! hélas! il est perdu!
Que faire pour le sauver?
La hache va se lever!
O moment affreux!
Plus d'espoir pour eux!

LÉONOR, *et* LE CHOEUR.
Mais, non! le Doge vient à nous,
Il faut tomber à ses genoux!...

LÉONOR.
REPRISE DU SOLO.
Voyez, je pleure, etc.

LE CHOEUR.
Courage, que nos secours
Protégent ses nobles jours!

LÉONOR.
Oui, je vois que votre âme
Déjà s'enflamme:
Mon Stradella ne mourra pas,
Dites-moi qu'il ne mourra pas!

LE PEUPLE.
Déjà l'horreur de ce trépas
Remplit notre ame et nous inspire!
N'écoutons plus que son délire!
Non! Stradella ne mourra pas!

Léonor, suivie de femmes du peuple, sort et se dirige vers
la prison.

SCENE VIII.

LE DOGE, SPADONI, PEUPLE, *puis* LÉONOR
et STRADELLA, CORTÉGE DU DOGE.

Le cortége débouche par la droite au fond du théâtre.—En
tête les étendards de Venise, avec le Lion de Saint-
Marc, et aux diverses couleurs, signifiant la Paix, la
Guerre, la Trêve et la Ligue. Viennent ensuite les
Trompettes d'argent et les Hautbois; les écuyers du
Doge et des huissiers jetant des pièces de monnaie au
peuple; le Doge paraît. A sa droite, l'Ambassadeur de
France; à sa gauche, le Nonce du Pape. Après le Doge,
son page; quatre écuyers, portant, l'un la chaise d'or,
et l'autre un carreau de brocart, et les deux derniers
le parasol ducal; puis, un clerc Porte-Chandelier, et
un officier Porte-Épée.— Suivent les Envoyés d'Orient
et les Ambassadeurs des puissances chrétiennes. Viennent enfin les Secrétaires de la République, les Sénateurs, les Avogadores, les Procurateurs, les Seigneurs
de la nuit, le Capitaine-Grand, le Cavalier du Doge et
le Grand-Chancelier; les serviteurs de la maison du Doge,
nègres et Levantins. La marche est fermée par les généraux et amiraux de la République et par des pelotons
de soldats suisses et dalmates.
Au moment où le Doge passe, tout le peuple se jette à genoux en demandant la grâce de Stradella. Le Doge s'arrête; l'Ambassadeur de France et le Nonce s'éloignent
de quelques pas; le cortége fait halte.

LE PEUPLE.
Ah! le Doge! le Doge! oui, sa marche commence.

LÉONOR , *voyant le Doge.*

C'est lui !

Stradella, paraît entre quatre Sbires. Un moine est auprès de lui.

Mon bien-aimé !...

Elle se tourne vers le peuple en montrant Stradella.

Grâce !

LE PEUPLE , *s'agenouillant devant le Doge.*

Altesse ! clémence !

Grâce pour Stradella !

SPADONI , *aux Sbires.*

Marchez ! marchez !

LÉONOR , *à Spadoni.*

Cruel!

Au peuple , se jetant à genoux.

Je me joins à vous !

LÉONOR *et* LE PEUPLE.

Grâce!

STRADELLA , *la retenant.*

Arrête , au nom du ciel !

On n'implore merci que pour un criminel.

SPADONI , *aux Sbires.*

Marchez donc ! c'est trop d'insolence !

LE PEUPLE , *se relevant.*

Doge ! rendez-le-nous !

Le Doge se lève.

SPADONI.

Silence !

Le Doge fait un signe. Stupeur générale. La foule paraît attendre avec anxiété les paroles du Doge, qui, après avoir jeté un dernier coup-d'œil sur Léonor et Stradella, se recueille quelques instans dans sa nouvelle dignité pour parler au peuple de Venise.

RÉCITATIF.

LE DOGE PESARO.

Que les Saints soient en aide à la Reine des eaux ,
Peuple! et que l'or du monde emplisse nos vais-
[seaux !

CAVATINE.

Pour la splendeur de votre empire
Le cœur du Doge a tout quitté ;
Sous le drap d'or il ne respire
Que pour la gloire et l'équité !

La force de vos armes,
Vos droits sacrés, voilà mon seul amour !
S'il fut d'autres alarmes,
Mon sceptre enfin les bannit sans retour !
Bonheur à tous ! et que des larmes
N'attristent pas un si grand jour !

A un geste du Doge, les soldats qui gardent Stradella se retirent et laissent Léonor s'élancer vers lui. Tous deux s'inclinent, et le moine, venu pour assister le condamné, bénit les deux fiancés.

LE PEUPLE.

Vivat! Vivat !

LÉONOR , *se jetant dans les bras de Stradella.*

O joie extrême !

Le Cortége du Doge reprend sa marche et se dirige vers le Bucentaure au bruit d'une musique triomphale.

ENSEMBLE.

STRADELLA , BEPPO , LÉONOR.

Clémence auguste! c'est lui-même

Qui { m'a / t'a / l'a } rendue à Stradella !

{ Viens aimons-nous! / Soyez unis! } bonheur suprême !

Gloire, trésors, oui, tout est là !

SPADONI , *à part.*

Malheur à moi ! jour d'anathème !
Il l'a rendue à Stradella !
C'est le bonheur, la vertu même...
Partons ! ma place n'est plus là !

Il sort.

Le Doge paraît sur le pont du Bucentaure. Les drapeaux s'inclinent. Les soldats présentent les armes. Les tambours battent aux champs. Les bannières de Candie, de Chypre et de Morée sont agitées. Les cloches sonnent à Saint-Marc. Le canon gronde dans le port. Cris du peuple. La mer se couvre de gondoles. Le Bucentaure avance. Le Doge jette son anneau à la mer.

CHŒUR GÉNÉRAL.

Gloire au Doge que Dieu même
Par sa grâce a placé là !
Gloire à celle que l'on aime ,
A Venise , à Stradella !
Gloire au Doge , à Stradella !

FIN.

MUSIQUE VOCALE,

CHEZ PACINI, BOULEVART DES ITALIENS, N° 11.

NIEDERMEYER.

La Casa nel Bosco, opéra.
Le Lac, *méditation*.
L'Isolement, id.
L'Ame du Purgatoire.
Jane Gray.
Vois l'Aurore, Nocturne.
E Pena Troppo Barbara, id.

MERCADANTE.

Romances.

Un Instant a fait mon Malheur.
Que Faut-il Faire?

MEYERBEER.

Rachel à Nephtali, romance.

DONIZETTI.

Le Renégat, scène.

BELLINI.

Rêve d'Enfance, romance.

KALKBRENNER.

Saint-Mégrin, romance.

BERTINI.

Scènes.

Françoise de Rimini.
Caïn.

Mme DAMOREAU.

Romances.

Léon.
Pédrille.
L'Abandon.
La Valse.
Le Vieux Troubadour.

Mlle Loïsa PUGET.

Le Vœu à la Madone.

DE RUOLZ.

Marguerite, cantate.

PANOFKA.

Le Pélerin, ballade.
La Paysanne Coquette, romance.

MASINI.

Romances.

Le Pêcheur de Portici.
El Matador.
Vous Fâcheriez-Vous?
Souvenir d'Auvergne.
Papillon, Vole, Vole.

MONPOU.

Si j'étais Ange, romance.

Mme BOULANGER.

Romances.

L'Orpheline.
Le Pêcheur.

BOULANGER.

Romances.

La Cloche du Monastère,
Son Moretto.
La Fiancée du Contrebandier.

ÉMILIEN PACINI.

Demain.
L'Émigré.
Dix Ans Après.
Le Reproche.
L'Étoile.
Le Giaour.
Belle Endormie.
L'Étrangère.
Mon Fiancé.
Le Petit Gondolier.
Le Parjure.
Venise, nocturne.

BOLÉROS.

Celui que j'Aime.
A Grenade.
Le Revenant.

LE COMTE D'ADHÉMAR.

Le Forban.
Le Contrebandier Navarrais.